IM LABYRINTH DER KRAFT

I0537659

Copyright © 2012 Susanne Oswald
ISBN 978-3-9524393-2-6
Alle Rechte vorbehalten
www.susanne-oswald.ch
hello@susanne-oswald.ch

IM LABYRINTH DER KRAFT

Roman

Susanne Oswald

Man muss durch das steigen,
durch das man fallen kann.

Hevraja-Tantra

1

Es begann alles damit, dass Aldo verschwunden war. Nein, eigentlich begann es damit, dass ich aus dem Küchenfenster schaute und unten bei der Zeder eine Frau stehen sah. Wie kommt denn die bloß herein, dachte ich. Aber eigentlich dachte ich noch gar nicht richtig, denn es war morgen, kurz nach sieben, und ich war noch ziemlich verschlafen. Also machte ich einfach weiter, gab Wasser zu Aldos Flocken und suchte den Büchsenöffner für sein Fleisch. Inzwischen war auch die Kaffeemaschine warm und ich konnte mir meinen Kaffee kochen.

Der erste Kaffee am Morgen, das ist ja jedes Mal ein kleines Fest. Endlich rinnt etwas die trockene Kehle hinunter. (Ich gehöre zu den seltenen Frauen, die zugeben, dass sie – gelegentlich – schnarchen, und ich stehe dazu, dass mein Hals am Morgen trocken ist.) Also, ich saß so da, schlürfte meinen herrlichen Kaffee und schaute gedankenverloren auf die Türen meiner Küchenschränke. (Sie sind nicht mehr die schönsten, sicher schon über zwanzig Jahre alt. Am besten wäre es, alles herauszureißen und eine neue Küche einzubauen. Aber Du weißt ja, was allein das Ausräumen des Geschirrs für eine Heidenarbeit ist. Also bleibt halt alles so, wie es ist.)

Und dann schnappte ich mir Aldos Napf und ging nach draußen. Aber der Hund war nicht da. Und damit wurde ich wach.

Das hat es noch nie gegeben: Jeden Morgen, wenn ich die Tür aufmache, steht Aldo, den ich ja eine Viertelstunde vorher herausgelassen habe, vor mir und schwingt seinen schwarzen Schweif von links nach rechts, so breit wie die Türe, weil er sich auf sein Frühstück freut. Meistens höre ich ihn schon schnüffeln und japsen, bevor ich überhaupt raus zu ihm komme. Und an diesem Tag: nichts.

Das gibt es doch nicht, dachte ich mir. Zuerst ein fremdes Weib in meinem Garten und jetzt der Hund verschwunden. Irgend etwas ist da faul.

Ich ging rasch ins Schlafzimmer rauf und zog mir was Richtiges an. Was halt so da lag, die Jeans von gestern und ein Hemd. Charles lag noch immer mit offenem Mund schlafend da. Und ich runter und raus.

Du weißt ja, Loredana, unser Garten ist recht groß und zieht sich den Abhang hinunter bis zu diesem Sträßchen und dem kleinen Bach. Weil dieser Abhang, ungefähr dort, wo die große Zeder steht, plötzlich steil abfällt, kann man nicht bis zum Zaun sehen, der unser Gelände unten abschließt.

Vor der Haustüre sehe ich mit einem Blick, dass Aldo nicht in der Einfahrt ist. Ich, bereits irgend etwas ahnend, gehe also ums Haus herum, wo vor der Küchentür der volle, vereinsamte Hundenapf steht. Schnell will ich jetzt über den Rasen und hinunter zum Bach. Das Gras ist leicht feucht, und es ist angenehm, mit nackten Füssen zu gehen und den Tau zwischen den Zehen zu fühlen. Schade, dass man das so selten macht.

Ich pfeife und rufe, aber der Hund taucht nirgendwo auf. Und dann, bei der Zeder angekommen, sehe ich das Unheil: Unten im Zaun klafft eine bösartige Lücke. Und zwar genau an der Ecke, wo unser Grundstück an das nächste anschließt. Auch der Zaun des Nachbarn ist durchlöchert. Da muss doch irgend so ein Blödmann mit seinem Auto brutal hineingefahren sein!

Wahrscheinlich war das ein Lastwagen, denn das Loch ist wirklich beträchtlich und nicht nur der Maschenzaun ist zerrissen, sondern auch zwei der Metallstützen sind recht ramponiert. Immerhin, der wird auch eine ordentliche Beule haben, dachte ich mir. Etwas Schadenfreude brauchte ich schon, um meinen Ärger über die Zerstörung zu verdauen. Und was das wieder für ein Theater abgäbe, bis ich endlich einen gefunden hätte, der sich dazu bequemen würde, das alles zu reparieren!

In mein Schicksal ergeben, klettere ich nach unten, um alles genau anzusehen. Natürlich hat Aldo die Gelegenheit benützt und sich aus dem Staub gemacht. Er wird wieder lustvoll sämtliche Müllsäcke plündern und das Quartier in Weißglut versetzen, bevor er dreckig und glücklich nach Hause kommt. Und ich werde mich scheinheilig bei den Nachbarn entschuldigen, wie es sich gehört. Und dann werde ich den Spengler anrufen, der uns letzthin gesagt hat, dass wir unseren Heizkessel ersetzen müssten. Wenn der hofft, einen Heizkessel verkaufen zu können, bringe ich ihn vielleicht dazu den Zaun zu flicken.

Und dann bin ich unten und ärgere mich, dass ich keine Schuhe angezogen habe, denn hier wuchern Brombeeren, und ich komme nur mit Kratzern und Schmerzen zur Unglücksstelle. Rätselhaft ist mir, wie man auf dieser kleinen, engen Straße so schnell fahren kann, dass die Wucht reicht, um so viel Zaun umzumähen! Es ist tatsächlich ein gewaltiges Loch. Und auch die Rundhölzer beim Nachbarn sehen zersplittert aus, als ob eine Granate eingeschlagen hätte.

Ich gehe rüber. Sein Zaun ist so eine Art Pferdekoppel: Zwei horizontale Hölzer auf Holzstützen genagelt, das untere gerade in der richtigen Höhe, um den Fuß darauf abzustützen, das obere, um Arme und Kinn darauf zu legen. So stehe ich also, bequem aufgestützt, und gucke etwas trübselig ins Wasser, das immerhin munter und fröhlich sprudelt und schäumt. Das Wasser dieses Baches ist, wenigstens dem Aussehen nach, noch immer erfrischend klar. Seine Ufer sind romantisch mit Kräutern aller Art bewachsen. Und wenn man in die Nähe geht, kann man wellige, grüne Wasserpflanzen sehen, die sich wie Feenhaare in der Strömung schlängeln.

Während ich so versunken gucke und mit den harten Tatsachen dieses Morgens zurecht zu kommen versuche, höre ich Schritte hinter mir. Und wie ich mich umdrehe, kommt Gana aus dem Gebüsch. Ich nicke ihm einen schönen guten Morgen zu und verfolge, wie er den Schaden an seinem Zaun untersucht. Er bleibt stumm und schüttelt nur den Kopf. Dann geht er zu unserem Zaun und schaut sich die Bescherung an. Und dann kommt er zurück. Ich stehe einfach immer noch sinnlos herum. "Das muss ein schöner Idiot gewesen sein", meint er. Und "Na, ja." Und dann kommt er auf mich zu und fasst mich am Arm.

Ich stehe da wie angewurzelt. Zu Stein erstarrt.

Ich weiß nicht, was mit mir geschieht. Etwas fährt durch meinen Körper, das mich annagelt. Ich weiß nicht, ist es heiß oder kalt. Ich weiß nicht, ist es gut oder schlecht. Ich sehe einfach Ganas Gesicht vor mir und seine Augen, ich glaube, ich weiß in jenem Moment nicht einmal, ob sie hell oder dunkel sind, ich schaue in seine Präsenz und verliere mich irgendwohin. Frag mich nicht, was das ist. Ich stand da, wie ich vorher noch nie in meinem Leben dagestanden bin, jedenfalls.

Und dann hörten wir rufen: "Was ist los da unten"?

Mit größten Schwierigkeiten zog ich meinen Blick aus Ganas Augen weg und schaute, wer da rief, und sah seinen Bruder Bertrand kommen. Und dann stammelte ich: "Lass mich los, Gana, ich kann sonst nicht weg." Denn so unwahrscheinlich, es klingt: Ich war tatsächlich von seiner Berührung gelähmt. Ich konnte nicht vorwärts und nicht rückwärts und dieser Bertrand war auf dem Anmarsch, und mir war die Situation so peinlich, wie man es sich überhaupt nur vorstellen kann. Aber dieser freche Junge lachte mich doch einfach an und verstärkte seinen Griff. Das war das Unglaublichste, was mir jemals passiert ist. Aber auch das Schönste. Und dabei war es erst das dritte Mal, dass wir uns gegenüber standen.

2

Das Haus neben uns hatte monatelang leer gestanden. Die Marsons, die da während etwa acht

Jahren neben uns gelebt hatten, waren an die Ostküste gezogen, ich glaube nach Maine, und anscheinend wollte niemand ihr Haus kaufen. Ich sah gelegentlich den Mann von der Immobilien-Agentur mit einem Interessenten ins Haus gehen, aber sonst lag alles verschlossen da, und die Kieseinfahrt wurde immer grüner vor Unkraut. Mir war es egal. Ich liebe die Stille. Und mir scheint, dass mehr Vögel in unserem Garten herumschwirrten, solange das Haus gegenüber unbewohnt war.

Dann kamen eines Tages zwei kleine Lieferwagen – Maler – und Leitern und Kübel wurden ins Haus geschleppt. Dieses hätte außen durchaus auch einer Renovation bedurft, aber offenbar wollten die Neuen nicht so richtig investieren, jedenfalls nicht von Anfang an.

Nach den Malern kam das Putzinstitut, und danach sah das Haus wirklich wieder etwas netter aus. Die Läden standen offen und die Fenster glänzten im Sonnenlicht. Die hellen, frischgestrichenen Rahmen verstärkten den freundlichen Eindruck. In ein paar Wochen, wenn die Early Dawn, die an der Fassade hochrankte, blühen würde, wäre es geradezu ein schönes, stattliches Anwesen. Und ich könnte mir wieder einbilden, dass von Zeit zu Zeit Wolken von süßem Rosenduft zu mir hinüberfluten, obwohl ich doch ganz genau weiß, dass die Early Dawn kaum duftet.

Es vergingen noch einmal Wochen, bis die Neuen kamen. Ich habe nicht so genau aufgepasst, wann es war, aber ich erinnere mich, dass ich den Möbelwagen durchs offene Küchenfenster sah, und dieses Fenster öffne ich nur, wenn es wirklich heiß ist und ich einen Luftzug quer durchs Haus veranstalten will. Mit Ausnahme natürlich, ich koche irgend etwas, das fürchterlichen Dampf oder Rauch macht, aber ich glaube nicht, dass das an diesem Tag der Fall war.

Ich sehe also diesen riesigen Umzugswagen mit Anhänger die Auffahrt hinauf rattern, beschriftet mit einem riesigen Namen und einem Ort, von dem ich keine Ahnung habe, wo er liegen könnte. Und die Nummernschilder konnte ich natürlich auf die Distanz nicht erkennen.

Selbstverständlich, Loredana, ist das nicht der Ort, wo man am Fenster hängt und die Nachbarn beobachtet. Wir sind ja hier fast vollkommen in den Bäumen versteckt, und außer dem Haus gegenüber und den zwei Dächern weiter unten, ist nichts zu sehen. Aber gerade darum bemerkt man natürlich, ob man will oder nicht, wenn "drüben" etwas los ist. Weil der Blick ja einfach unwillkürlich jeder Bewegung folgt. Und wenn ich in der Küche bin und meinen Salat wasche, und das geht eine ganze Weile, denn der Salat aus dem eigenen Garten ist ein Dreckhaufen im Vergleich zu dem, den man im Supermarkt kriegt, dann sehe ich halt auch, wenn da drüben plötzlich neue Leute einziehen. Und dann, das gebe ich ehrlich zu, interessiert es mich schon, was für Möbel meine neuen Nachbarn besitzen.

Natürlich war die Entfernung zu groß, um Details zu sehen. Dazu hätte ich den Feldstecher nehmen müssen, den ich immer griffbereit habe um nach den Vögeln zu schauen. Aber diesen Umzug mit dem Feldstecher zu beobachten, so weit wollte ich denn doch nicht gehen. Ich habe sowieso immer das Gefühl, dass derjenige, den man beobachtet, es merkt und einen plötzlich anschaut, auch wenn er einen gar nicht sehen kann. Sogar die Vögel starren zurück, glaub es mir!

Also jedenfalls wurden da braune Möbel reingetragen, die ziemlich benutzt und nicht besonders modisch aussahen. Ein großes, helles Sofa war da, die normalen Kartons und Kisten, aber doch auch ein paar Bilder in altmodischen Rahmen, zum Teil auch ovale. Irgendwie roch das also schon nach ein bisschen Kultur.

Aber eigentlich war es nicht das, was mich interessierte, obwohl ich zusah, wie die Muskelmänner das Zeug ins Haus packten. Was mein Interesse fesselte, war das Auto, das schon bald hinter dem Lastwagen parkte. Heraus stiegen ein Mann, so weit das zu sehen war, normal gut aussehend, so um die fünfzig rum, ein junger Mann und zwei Jungen, einer etwa vierzehn, der andere nicht einzuschätzen, weil er sein Haar schulterlang trug und damit sein Gesicht verdeckte. Es war ein dicker, gelockter Haarschopf und der Junge sah aus wie ein Engel auf einem mittelalterlichen Bild. Jedenfalls von so von meinem Küchenfester aus gesehen.

Du fragst Dich, wie ich diesen Leuten ihr Alter zuteile, wo ich sie doch nur aus einer ziemlichen Distanz beobachten konnte. Ich weiß es auch nicht. Die Größe war es nicht, da war nur der Kleine kürzer und damit als Kind zu erkennen. Vielleicht lag es an den Kleidern. Der blondgelockte trug Jeans und ein farbig bedrucktes T-

Shirt, während die zwei Männer in Hosen, Hemd und Krawatte waren, kurzärmelig zwar, denn es war ja heiß an diesem Tag. Es ist überhaupt erstaunlich, wie schnell und sicher man von äußeren Anzeichen her Leute einteilt und beurteilt. Es wäre eigentlich erschreckend, wenn sich hinterher nicht jeweils zeigen würde, dass man gar nicht so sehr daneben lag. So war es jedenfalls in diesem Fall: Als ich die Poghuys später kennenlernte, stellte sich heraus, dass der Vater tatsächlich in meinem Alter war, Bertrand, der älteste 23, Gana und Robert 17, und David 14. Aber jetzt greife ich vor!

Ich fummle also irgendwie in der Küche herum, vielleicht putze ich den Ausguss wieder einmal mit einem Spezialmittel für Chromstahl und beobachte, wie Kisten und Kästen ins Nachbarhaus getragen werden. Ich denke mir nichts dabei, denn eigentlich lässt es mich kalt, was da drüben geschieht. Wie gesagt, die Entfernung ist groß genug, um sich aus dem Weg zu gehen. Kein Problem. Nur einmal, da merke ich auf, nämlich wie ich sehe, dass der Blondgelockte aus dem Kofferraum des Autos, es war ein riesiger Toyota-Geländewagen, eine elektrische Gitarre rausholt und sie sorgsam wie ein Kind ins Haus schaukelt. Und danach folgen schwarze Kisten, die ich als elektronische Anlagen und Lautsprecherboxen einschätze und die mir Angst machen. Wird dieser elektronische Jüngling vielleicht unsere schöne, von Vögeln durchflatterte Stille mit Elektroschall zur Strecke bringen wollen? Doch: Warten wir's ab, dachte ich bei mir. Denn meistens sind diese jungen Leute ja doch unterwegs und haben kaum je Zeit, ihre teuren Lärmmaschinen überhaupt in Gang zu setzen.

Tatsächlich blieb es auch nach dem Einzug ziemlich ruhig. Die zwei Wagen – neben dem großen Toyota gab es noch einen kleinen, nicht mehr gerade taufrischen und seltsam bemalten Volkswagen, was natürlich schon auf einen ungewöhnlichen Geschmack dieser Leute schließen ließ – waren mal in der Auffahrt geparkt und dann wieder nicht. Es gab also ein gewisses Kommen und Gehen.

Aber das war eigentlich alles, was ich von meinen Nachbarn wahrnahm: Das Motorengeräusch und das Knirschen auf dem Kies. Und manchmal noch die Jungen, wenn sie zu dritt im Garten Fußball spielten und sich in freundlichem Ton irgendwelche Schimpfworte zuriefen. Zu meiner Verblüffung hatte sich nämlich herausgestellt, dass es zwei Blondgelockte gab, zwei übermütige, mittelalterliche Engel mit Korkenzieherlocken, die sich mit ihrem kleinen Bruder im Garten amüsierten und sich dabei wie ungebärdige Ziegenböcke schubsten und stießen. Aber wie gesagt, das kam selten vor, und ich sah kaum jemals die ganze Familie. Bis dann eines Tages dieser Anruf kam, und einer einen unaussprechlichen Namen sagte und mitteilte, er sei unser neuer Nachbar und ob er sich endlich bei uns vorstellen dürfe.

3

Und dann kamen sie daher: Der Vater mit seinen vier Söhnen. Die Mutter, sie ist diese berühmte

Sopranistin, deren Namen ich hier nicht nennen will, war gerade, wie fast immer, auf Tournee in Europa oder vielleicht sang sie gerade an irgend einem ihrer großen Opernhäuser in Italien oder Australien. Eigentlich habe ich sie bis heute noch kaum jemals gesehen und inzwischen wohnen die Poghuys ja immerhin schon gegen fünf Jahre hier. Also, dieser Männerhaushalt tauchte jetzt unter unserer Haustüre auf.

Charles zeigte sich von seiner charmantesten Seite und holte sofort Getränke. Er hätte sogar seinen sorgfältig gehüteten Champagner offeriert, den er einmal von einer Frankreichreise eigenhändig angeschleppte hatte, aber die Poghuys wollten lieber Bier und Cola. Und ich hatte zum Glück noch irgendwo eine Büchse voll mit assortierten Crackers und Nüssen. Und so setzten wir uns auf die Veranda und lernten uns kennen.

Emile – wir gingen gleich zu den Vornamen über – war neu an der Universität unserer Stadt. Er lehrt dort Semiotik, was immer das sein mag. Nein, ich stelle mich wieder einmal dümmer, als ich bin: Es hat etwas mit der Bedeutung von Zeichen und Wörtern zu tun, vielleicht sogar mit der Bedeutung von Dingen. Also jedenfalls ist er ein sehr arrivierter Professor, der, wie ich inzwischen hörte, vor allem in Europa einen ganz großen Namen hat. Er wirkt aber sehr unkompliziert und nett und ist übrigens ein großer Sportler. Es vergeht kaum ein Wochenende, an dem er nicht mit seinem Kanu an einen wild reißenden Fluss fährt. Manchmal wird er dazu von jungen Leuten abgeholt, wobei mir immer wieder das gleiche junge

Mädchen auffällt. Natürlich sind das Studenten von ihm, aber manchmal habe ich schon den Verdacht, dass seine Sportlichkeit etwas mit diesen jungen Leuten zu tun hat. Wobei ich natürlich ganz ausgesprochen das junge Mädchen meine. Aber das sind natürlich nichts als böse Unterstellungen.

Emile Poghuys stammt aus Belgien und spricht auch heute noch sein Englisch mit einem weichen Akzent. Sein Sprechen erinnert mich an verzogenen Gummi. Er hat eine stämmige Figur, fast wie ein Bauer, und es ist eigentlich schon erstaunlich, dass er sich von Beruf mit abstraktem Zeug wie Semiotik herumschlägt. Seine Haare haben sich übrigens bereits weitgehend abgemeldet und sein Haarkranz, der seinen eindrucksvollen Schädel umrahmt, hat schon etliche weiße Flecken. Das gleiche gilt für seinen Bart, der mir aber in seiner Gekraustheit sehr gut gefällt. Emile ist ein stattlicher, sehr sympathischer Mann, und wir hatten in all den Jahren nicht nur keine Scherereien mit ihm, sondern bei den wenigen Anlässen, wo wir zusammen waren, sogar ein sehr angenehmes Verhältnis. Und wenn ich es mir recht überlege, dann sieht er eigentlich nicht wie ein Bauer aus, sondern mehr wie ein Seemann, der mit ziemlich breitem Gang durch die unsicher schwankende Welt geht, den Blick fest auf den fernen Horizont gerichtet. Vielleicht ist das mit ein Grund, dass ich ihn so gerne mag. Und es würde auch besser zur Semiotik und seiner Vorliebe für Kanus passen. Doch lassen wir das.

Die Söhne waren an diesem Nachmittag außerordentlich artig und wohlerzogen. Sie saßen ruhig da und machten verbindliche Konversation und sahen aus, als ob sie kein Wässerchen trüben könnten. Und es dauerte noch eine ganze Weile, bis ich herausfand, dass das so nicht stimmte.

Bertrand war ebenfalls an der Universität, wo er Medizin studierte. Aber – das weiß ich natürlich auch erst durch die späteren Ereignisse – er hatte seinen Beruf verfehlt. Er war der geborene Finanzmann mit einem ganz eigenartigen Verhältnis zu Geld. schon an der Universität spielte er immer mit irgendwelchen Anlagen herum und so gelang es ihm, die anfangs spärlichen Mittel auf fast wunderbare Weise zu vermehren. Es gibt diese Art von Menschen. Wie andere ein Gebetskettchen oder ein Steinkügelchen unermüdlich spielerisch durch die Finger gleiten lassen, fast ohne jemals hinzugucken oder es zu spüren, so bewegte Bertrand sein Geld. Und wie bei einem Zauberkünstler tauchte immer mehr und mehr zwischen seinen glatten und gelenkigen, langen Fingern auf. Und heute fährt er, wenn er überhaupt jemals vorbeikommt, mit einem silbernen Porsche vor. Aber das ist selten. Er hat in diesen letzten fünf Jahren so viel Geld gemacht, dass er sich eine kleine Villa oben in den Hügeln leisten kann, von wo er seiner Lieblingsbeschäftigung nachgeht, der wunderbaren Geldvermehrung. Ganz gelegentlich soll er richtige Jet-Set-Partys steigen lassen, wobei nicht genau zu durchschauen ist, ob er das aus Spaß macht oder ob er aus Berechnung Beziehungen pflegt.

Die Engelszwillinge Robert und Gana gingen noch ins College. Sie waren beide atemberaubend anzusehen und nicht voneinander zu unterscheiden. Noch hatten sie Teenager-Gesichter, aber ohne Weichheit, die dabei stören könnte: nichts von in Milch eingeweichtem Brot, sondern festes, fast schon männliches Fleisch. Und eine Offenheit im Blick, die einen plötzlich die eigene Verletzlichkeit spüren lässt. Ein leichter, gesunder Goldton spielte auf ihrer makellosen Haut, unter der ihre starken Muskeln spürbar waren. Mein Gott, können junge Menschen schön sein!

Und dann war da noch der Kleine, damals wirklich noch ein Kind. Er langweilte sich offensichtlich und rutschte unruhig auf seinem Stuhl hin und her, bis wir endlich Aldo aus dem Haus herausließen, wo wir ihn vorsichtshalber eingesperrt hatten. Denn Aldo zeigt seine Liebe und Aufregung meistens so heftig, dass er unsere Gäste erschreckt. Aber dann waren sie beide glücklich, der Junge und der Hund, und spielten und knutschten, bis wir sie in den Garten schickten. David ging noch zur Schule und war stolz darauf, dass er die Waschmaschine bedienen und verschiedene Gerichte kochen konnte. Er liebte die Beatles, aber sonst war damals nicht viel aus ihm herauszukriegen. Er wollte lieber mit dem Hund herumbalgen. Und eigentlich war uns das allen recht.

Charles erzählte ein wenig von sich. Er sagte, dass wir vor zwölf Jahren hergezogen seien, weil wir gar nicht richtig wussten, wo wir sonst wohnen sollten. Er sprach von seinen Geschäftsverbindungen, die ihn von einem bestimmten Wohnort unabhängig machten und ihn viel auf Reisen, bis nach Europa, in den neuerdings zugänglichen

Ostblock und auf alle andern Kontinente führten. Natürlich wurden dann die Umwandlungen der Welt zum Diskussionsthema und Charles sagte, dass er sich von der Öffnung viel erhoffe und dass auch damit Geld verdient werden könne. Und – und damit ärgerte er mich – er sagte, dass er, weil er so viel unterwegs sei, froh sei, wenn sie, die Poghuys ein bisschen auf mich aufpassen könnten. Wie wenn ich das nötig hätte! Aber Charles behandelt mich noch immer wie ein kleines Kind, obwohl ich an jenem denkwürdigen Nachmittag meinen 49. Geburtstag bereits hinter mir hatte und obwohl ich im nächsten Oktober 55 werde. Allerdings muss ich doch auch zugeben, dass ich froh war, als Emile mir später einmal half, als Charles für drei Wochen in Südafrika war, und aus unserem Kühlschrank plötzlich eine eklige, glibbrige Masse tropfte und ich nicht wusste, wie giftig dieses fürchterliche Zeug war. "Kauf Dir sofort einen neuen", sagte Emile, "das Kühlaggregat ist im Eimer. Und sorg dafür, dass die Leute, die Dir einen Kühlschrank liefern, den alten mitnehmen."

Und genau so geschah es. Und dank Emile hatte ich in wenigen Stunden einen neuen Kühlschrank und keine weiteren Schwierigkeiten. Aber manchmal frage ich mich, ob diese Hilfe ein guter Tausch war im Vergleich zu den Schäden, die ich von diesen Nachbarsleuten davongetragen habe. Aber dann verfluche ich mich wieder und finde mich undankbar. Was einfach beweist, dass ich viel schwieriger zu handhaben bin als ein kaputter Kühlschrank. Ich kann nur hoffen, die anderen merken es nicht.

4

Einige Wochen vergingen, bis ich unsere Nachbarn das nächste Mal von nahem sah. Reynolds hatte Geburtstag und lud uns alle auf ein Schiff zu einer Party ein.

Reynolds ging damals sicher schon gegen die sechzig, genau sagte er uns sein Alter nie. Er ist ein uralter Bekannter, der wichtigste Geschäftspartner von Charles und ich mag ihn nicht besonders. Wegen seiner Frauengeschichten. Seit ich ihn kenne, und das ist, seit ich frisch gebacken vom College kam und eine Stelle suchte – und das sind inzwischen sicher weit über zwanzig Jahre – seit eh und je kommt er also alle paar Monate mit einer neuen Frau daher. Das könnte ich ja noch verstehen. Aber was mir auf den Wecker geht, ist, dass es eigentlich immer die gleiche Frau ist: Gazelle mit Blondschopf, Marke Barbie. Und wer aussieht wie Plastik, redet ja meistens auch so. Und wem obliegt es, mit diesen Damen Konversation zu machen, während sich die Männer stundenlang wichtigtuerisch über Geschäfte unterhalten? Mir! Und das fällt mir mit zunehmendem Alter immer schwerer. Dabei habe ich ehrlich versucht, den Abgrund zwischen den Generationen zu überbrücken. Ich habe die Hitparaden angehört und die Namen von ein paar Sängern auswendig gelernt, in der Hoffnung, ein Thema zu finden, über das wir Damen uns wenigstens einigermaßen unterhalten könnten. Aber offenbar hatte ich mein Augenmerk auf die falschen Sänger gerichtet – oder aber die zwei Blondschöpfe, an denen ich mein neues Wissen ausprobierte, waren zufälligerweise an Musik überhaupt nicht interessiert. Jedenfalls war es ein kompletter Flop. Und so pendelten sich die Gespräche wieder beim Wetter und den neusten Filmen und Filmstarnamen ein. Ach, wie ich das hasse. Dabei sehe ich doch, dass diese jungen Frauen leidende Geschöpfe sind, unsicher bis zum Nägelkauen unter ihrem dicken Make-up, das ihre schöne, jugendfrische Haut zubetoniert. Aber wie soll man diesen Kindern helfen, die sich vom Lack von Reynolds großen Autos blenden und hypnotisieren lassen. Bis er sie wieder irgendwo auf einem Trottoir abstellt. Die Frauen selbstverständlich, nicht die Autos. Denn der sorglose Umgang mit Autos wird ja gebüßt!

"Ich weiß nicht, ob Reynolds einen guten Charakter hat", sagte mir Charles eines Tages, als ich versuchte, ein wenig über seinen Partner zu schimpfen, "aber was ich weiß, ist, dass wir zusammen gutes Geld machen. Und das magst Du doch auch." Und das musste ich wieder voll und ganz zugeben: Die Rolle der Räuberbraut im Wohnwagen auf dem Campingplatz ist mir nicht gerade auf den Leib geschrieben. Ich brauche Ruhe und Sicherheit, seit ich mich kenne. Du bist meine Zeugin: Mutig war ich noch nie und ich werde es wahrscheinlich auch nicht mehr werden. Und Geld schützt durchaus und hat eine entsprechend beruhigende Wirkung.

Reynolds hatte also Geburtstag und eine Menge Leute auf ein Schiff eingeladen, das bis gegen Mitternacht über den See dümpeln sollte. Es würde Mücken in Mengen geben und man wusste nicht, ob es heiß oder kalt sein würde und entsprechend ratlos stand ich vor meinem Kleiderschrank.

"Nimm das Blaugrüne", sagte Charles galant, "in dem siehst Du aus wie eine Fee. Und wenn es Dir kühl wird, tanzen wir einfach." Und so zog ich diese schillernde, blaugrüne Haut an, in der ich mich tatsächlich verführerisch wie eine Wasserpflanze fühle, allerdings auch immer ein bisschen unsicher, denn meine Figur ist leider nicht mehr, was sie einmal war, und das Dekolleté ist für mein Alter reichlich gewagt, um so mehr, als man unter diesem dünnen Stoff keinen Büstenhalter tragen kann. Oh Loredana, ich freute mich wirklich nicht auf diesen Abend.

Es waren sicher um die zweihundert Gäste da, die sich auf Deck und in den zwei Salons verteilten. In dem einen spielte eine Neun-Mann-Band schönen, altmodischen Swing, im andern türmten sich Hummer auf einem königlichen Büfett, das sich den Wänden entlang zog und sich unter sämtlichen Köstlichkeiten der Welt bog. Es gab Sekt und eiskalte Bowle in beschlagenen Gläsern, in deren Nebelkälte Eiswürfel und grüne Pfefferminzblätter schwammen. Kellner in weißen Smokings servierten sie auf riesigen, silbrigen Tabletts.

Reynolds begrüßte uns mit großem Hallo und machte mir Komplimente, wie er das immer tut. Wobei ich sie nur mit großem Misstrauen entgegennehme, weil ich unmöglich seinem Geschmack entsprechen kann: Mir geht ja jedes Gazellige und jedes Blonde ab. Aber vielleicht ist es besser, schmeichelnde statt ehrliche Freunde zu haben. Jedenfalls in meinem Alter. Er stellte mich schwungvoll den Leuten vor, die gerade um ihn herum standen und eifrig und in Mengen Unwichtiges von sich gaben.

Und unter all diesen vielen Leuten war Professor Poghuys, "die beste Errungenschaft unserer Universität" wie Reynolds mit seiner sicheren und lauten Stimme verkündete. Charles sagte mir später, dass Reynolds mit einer beträchtlichen Summe die Berufung des Professors ermöglicht hatte. Und das war typisch für Reynolds: Es macht ihm nichts aus, Semiotik mit Barbie-Puppen zu vermischen. Vielleicht bin ich kleinkariert, dass ich das nicht verstehe.

Wir stachen in See, und schon bald kam über Lautsprecher Reynolds launige Aufforderung, uns über das Büfett herzumachen. Eine Bewegung nach unten setzte ein und das Deck leerte sich allmählich. Charles hatte sich in der Menge verloren und das kam mir zupass, denn eben begann der Himmel, sich zu verfärben. Die verwaschenen, durchsichtigen Blau- und Grautöne bekamen plötzlich einen schillernden Stich von Goldgelb, das an den Rändern in Orange überging: das helle Glutrot von glosender Asche, zum Berühren zu heiß, zum Feuern zu kalt. Die Bäume wurden unscharf im Dunst und die Farben des Himmels immer dominanter. Wolkenfetzen glühten auf und zeigten leuchtende Säume. Und ich stand da und genoss es.

Doch leider wurde ich gestört. Poghuys junior, der Medizinstudent und spätere Geldmacher stand vor mir. "Ach, Sie sind auch da", begrüßte ich ihn leichthin. Aber dieser Typ sagte doch tatsächlich nichts und schaute mich auf eine Weise an, dass es mir jedes weitere Wort verschlug.

Loredana, Du hast mich schon gekannt, bevor ich wusste, was ein Mann ist, und Du weißt, dass ich den Männern immer, um es mal so zu sagen, wohlgesonnen und angstfrei begegnet bin. Ich hatte meine Prinzipien, sicher, aber so lange die nicht tangiert waren, habe ich mir so allerlei erlaubt. Und es auch genossen. Aber wie dieses Früchtchen mich nun anschaute, das ging mir doch entschieden zu weit!

Er taxierte mich von Kopf bis Fuß. Das war einfach unverschämt. Und dann drangen seine Blicke in mich und fuhren in mein Innerstes hinein und bewegten sich in mir herum. Und irgend etwas merkwürdig Jungfräuliches wurde in mir angerührt, so dass ich fürchtete, ich würde erröten. Es war unfassbar: diese Frechheit. Ich hätte ja seine Mutter sein können!

Ich drehte ihm den Rücken zu und schaute hinaus auf das Wasser. Ich spüre noch heute die Rundung der Reling in meinen Händen und die Rauheit der vielfach aufgetragenen Farbschichten auf dem kalten Eisen. Und die Feuchtigkeit des Abends, die sich bereits darauf niedergeschlagen hatte.

Der unmögliche Jüngling stellte sich neben mich, ein bisschen zu nahe für meinen Geschmack, und ich hasste die Situation von ganzem Herzen. Aber ich tat so, als ob nichts wäre. Da flüstert er doch tatsächlich: "Ich finde Sie sehr verführerisch." Aber damit hatte er meine Toleranzschwelle eindeutig überschritten: Ich drehte mich heftig und wütend um und wollte ihn eben ganz scharf und so höhnisch wie möglich zurück- und zurechtweisen. Aber in dem Moment sah ich seinen Bruder auf uns zukommen, die langen Locken sittsam zum Mozartzopf zusammengebunden, wunderhübsch anzusehen in seinem gutsitzenden Dinner-Jacket. Und ich stoppte und hielt meine Stimme an, um jeden Skandal zu vermeiden.

"Oh, guten Abend, Mrs. Palmer", sagte er freundlich. Und: "Bertrand, gehst Du mal zu Pa, er sucht Dich. Unten im Speisesaal." Und Bertrand ging, eine Entschuldigung murmelnd, und ließ mich, aufseufzend vor Erleichterung, zurück.

Diese Kurve hatte ich gerade noch haarscharf genommen, dachte ich mir. Und war schon dabei, den peinlichen Augenblick zu vergessen.

Ich drehte mich dem Jungen zu und lehnte mich an die Reling. Die Abendluft war kühl und köstlich frisch und ich genoss es, da draußen zu sein. Eben wollte ich fragen: "Bist Du nun Gana oder Robert?"

Dabei war ich richtig stolz auf mich, dass ich die beiden Namen noch wusste. Aber da traf ich auf seinen Blick. Und mir verschlug es schon wieder die Stimme. Denn dieser Jüngling, dieser Schnösel, es ist nicht zu glauben, flirtete mich auch ganz einfach und unverschämt an. Sein Blick hatte nicht dieses verächtlich taxierende wie der seines Bruders. Eine große Erwartung lag in seinen Augen, und eine unendliche Offenheit ging von ihm aus. Eigentlich strahlte er mich einfach an. Etwas seltsam Bittendes, Forderndes und gleichzeitig Gebendes kam mir entgegen. Und etwas in mir wurde ganz weich und verletzlich. Ich zitterte. Etwas war aufgescheucht worden und versuchte nun panisch, sich zu verbergen und in Sicherheit zu bringen.

Aber da gab es nichts Rettendes. Ich war vom Regen in die Traufe gekommen.

5

Jeden Tag siehst du Leute und sie schauen dich an. Und du schaust zurück. Und dein Blick gleitet an ihnen ab, wie ein Wassertropfen vom Entengefieder perlt. Ihr Blick trifft dich zwar, aber er berührt dich nicht. Das ist die Norm.

Und dann ist da plötzlich ein Blick, der dich wie mit Händen berührt. So tief innen, dass du weinen möchtest. Du schauderst ohne Bewegung. Du erschrickst und möchtest wegrennen und dich verstecken. Aber du bist festgenagelt. Gebunden von etwas, das meterweit von dir entfernt ist. Etwas, das dir die Wangen heiß macht und bewirkt, dass du dich schämst.

Und so stand ich da, gefangen, unfähig zur kleinsten Bewegung. Und mit dem Gefühl, dass es doch wohl lächerlich und unmöglich sei, dass eine erwachsene Frau plötzlich ihre Fassung verliert und nicht mehr weiß, wer sie ist und was sie sagen soll, nur weil irgend jemand vor ihr haselnussbraune Augen aufsperrt und rund macht!

Wut rettete mich. Ich wurde böse: Eine schöne Brut, diese feinen Nachbarn. Das war offensichtlich.

Ich drehte resolut der wunderschönen Abendstimmung den Rücken zu. Sie war ohnehin am Verblassen. Aber eigentlich hätte ich diesen Moment noch sehen wollen, wo die Farben mit jeder Sekunde mehr Leben aushauchen und dieser unerträglichen Unbestimmtheit Platz machen, die sich schließlich mit Grau und mit Dunkelheit füllt. Denn – da können die Physiker noch so lange über mich lachen – ich behaupte: Die Dunkelheit kommt. Denn es ist nicht einfach das Licht, das weggeht und verschwindet. Dunkelheit ist sehr viel mehr als das Fehlen von Licht. Sie ist eine selbständige Kraft, eine geheimnisvoll strahlende Dichte, die immer zuerst da ist, und in der sich alles verbirgt. Sie regiert, unsichtbar, dunkel, nicht zu verstehen und nicht einzusehen, aber sie herrscht. Und nur weil sie so gerne Verstecken spielt, entgeht uns ihre gewaltige Macht, auf die sie in jedem Augenblick freiwillig verzichtet, um ihrem heißgeliebten Sklaven, dem Licht, gebührenden Raum zu verschaffen. Huldvoll überlässt sie ihm die Herrschaft, lässt Helligkeit fluten, Sonnen strahlen und allerlei Dinge in göttlichem Glanz aufleuchten. Die Dunkelheit ist so mächtig, dass sie sich nicht zu bestätigen braucht. Kaum dringt ein Lichtstrahl in ihr Herrschaftsgebiet, duckt sie sich demütig hinter den Lichtkegel und überlässt das Gelände ohne Bedauern dem Schein. Sie genießt und schaut. Hässliche und wunderbare Welten werden sichtbar. Wir meinen zu sehen und zu wissen. Doch das ist alles nur Täuschung, ein kunstvoller Zug in einem der unzähligen Spiele, das die dunkle Kraft mit dem Licht, mit uns und mit sich selber treibt. Denn was sind diese grell beleuchteten Wunderdinge anderes als Wellen, welche die Dunkelheit freundlich stützt, als Quanten, die sie unermüdlich trägt? Seltsame Formen, Wirbel im Nichts, atomare Vibrationen, auf unerklärliche Weise entstanden, aus Unachtsamkeit vielleicht oder aus einem dunklen Vergnügen, einer wilden Laune oder aus ungebändigter Phantasie heraus. Doch all unsere ernsten Wissenschaftler, diese starken Männer ohne Verständnis für seltsame Spiele und Rituale, sie behaupten, die Dunkelheit sei nichts als ein Mangel an Licht. Sie kommen mir vor wie Kinder, die die Hände vor die Augen schlagen, um sich vor der Welt zu verbergen. Doch die Dunkelheit sieht sie doch. Sie ist die Kraft hinter allen Dingen. Und gerade dass keiner an sie glaubt, ist mir der beste Beweis für ihre Macht.

Aber ich schweife ab.

"Verdammt", sagte ich, "jetzt muss ich essen. See you." Und ich setzte mich in Bewegung.

Ich schob mich an dem Jungen vorbei, der mich, zur Salzsäule erstarrt, anglotzte. Aber ich stand über diesem Spiel, das vielleicht sogar abgekartet war, und ließ mir nichts anmerken. Ich eilte zur Treppe, die in den Schiffsbauch führte und stieg dankbar in das Bad aus Dampf und Lärm, das mich empfing und wie eine zu dicke Daunendecke einpackte und halb erstickte. Vor dem Büffet standen die Gäste noch immer in Trauben und ich schlug mich zu Charles durch, der in einer Ecke, einen Teller balancierend, mit zwei Leuten aus dem Tennisclub diskutierte.

"Es wird kühl draußen", sagte ich und lächelte

mein breitestes Lächeln. "Das sieht ja lecker aus, was Ihr da habt." Und alle bestätigten, dass es köstlich und dass der Hummer genau richtig gekocht und ideal gewürzt sei. Und ich fachsimpelte mit ihnen, als ob nichts wäre. Aber in mir breitete sich nun neben der Wut immer deutlicher ein großer, sehr weitgehender Schmerz aus. Doch ich schob ihn weg. Ich wollte nichts davon wissen. Ich tat einfach so, als ob es mein Ärger über die Frechheit dieser zwei Jünglinge sei, der mich bedrückte. Und so stand ich diesen Abend und die zwei kommenden Tagen durch.

Die Party verlief in der gewohnten Weise. Ich verdrückte mich, so gut es ging, in die Ecken, blieb möglichst dort sitzen und tat so, als ob ich mich amüsieren würde. Und vielleicht war das ja auch der Fall. Zwischendurch holte mich Reynolds. Ich sollte ihm helfen, seine riesige Geburtstagstorte anzuschneiden. Seine kleine Barbie, sie hieß diesmal tatsächlich so, hielt holdselig zwei Teller bereit, als Reynolds und ich nun mit einem einzigen Messer gemeinsam das riesige und grauslich dekorierte Biskuit-Ding anschnitten. Reynolds machte anzügliche Sprüche, als ob es ein Hochzeitskuchen wäre, und entblödete sich nicht, mir den Zeigefinger abzulecken, den er vorher in die Schokoladencrème gedrückt hatte. Und ich lächelte milde und versöhnlich. Wenn man schon auf solche Partys geht, muss man sich ja entsprechend benehmen. Und ich nahm Keinem etwas übel. Aber ein bisschen verfolgt fühlte ich mich an diesem Abend schon und ich war erleichtert, als das Schiff endlich anlegte und ich mit Charles im Auto war.

"Das war eine Super-Party", sagte Charles. "Reynolds hat sich wirklich nicht lumpen lassen." Und ich bestätigte das. Daran gab es tatsächlich nichts zu mäkeln. Das Büfett war mehr als großzügig gewesen und die Musik garantiert unglaublich teuer. Ja, sogar das Wetter hatte mitgespielt.

Und dafür, dass ich böse und unglücklich war, weil mir ein junger Mann Augen gemacht hatte, dafür konnte ja wirklich keiner etwas.

6

Meine schlechte Laune beflügelte mich und so stürzte ich schon gleich am Morgen früh in mein Atelier und begann an diesem großen Bild zu malen, an dem ich schon seit Wochen lediglich im Kopf gearbeitet hatte. Die Leinwand stand schon seit Tagen bereit, aber ich hatte bisher einfach nicht gewusst, wie ich anfangen sollte. Nun also stand ich davor und die helle Grundierung ärgerte mich so sehr, dass ich anfing, mit dunklem Grün heftig darüber zu pinseln. Die bewegten Striche taten mir gut und erleichterten mich. Und so arbeitete ich mehrere Tage hintereinander und eigentlich entstand in dieser Zeit, zumindest in der Idee, der ganze Zyklus, den ich dann im nächsten Frühling mit so viel Erfolg ausstellte. Du erinnerst Dich, das war das erste Mal, dass die Kritik geruhte, von mir Notiz zu nehmen. Und Reynolds kaufte das Ganze auf und vermachte es irgend einer Stiftung in seiner Heimatstadt in Wisconsin. Was wiederum dazu führte, dass ich zum ersten Mal in meinem Leben größere Aufmerksamkeit erregte und mit meiner Malerei so richtig Geld verdiente.

Aber damals wusste ich das natürlich noch nicht. Sonst wäre meine Laune wahrscheinlich besser gewesen. Aber wie gesagt: Ein dumpfer, innerer Druck trieb mich an, und ich schuftete, wie ich noch nie geschuftet hatte. Charles reiste ab, und ich sagte ihm kaum auf Wiedersehen. Nachdem er weg war, konnte ich auch abends und nachts weiter malen. Und das tat ich auch. Die einzige Abwechslung, die ich mir gönnte, war, jeweils gegen Abend einen langen Spaziergang mit Aldo zu unternehmen, unten am Bach entlang. Aber auch das tat ich mehr dem Hund als mir zuliebe.

So vergingen wunderschöne Herbsttage, die ich kaum wahrnahm. Ich war so sehr damit beschäftigt, meine inneren Bilder auf die Leinwand zu bringen, dass ich kaum merkte, wie die Schatten länger und die Blätter farbiger wurden. Erst als Charles von seiner Reise zurückkam und mich darauf aufmerksam machte, fiel mir auf, wie weit das Jahr schon wieder fortgeschritten war. Ich reduzierte mein Arbeitstempo und verbrachte die Abende mit Charles. Es gefiel mir, mit ihm am Feuer zu sitzen und roten Wein zu schlürfen. Es dämpfte meine innere Unruhe und gab mir das Gefühl, dass alles in Ordnung sei.

Und dann kam der Tag, an dem dieses Weibsbild mit ihrem Airdale-Terrier unter der Zeder stand und ich mich, mit noch leicht benebeltem Kopf, fragte, was das wohl zu bedeuten habe. Sie musste mich gesehen haben, denn sie war verschwunden, als ich zum Bach hinunter ging und den zusammengefahrenen Gartenzaun entdeckte. Der Weg aus gestampfter Erde war noch etwas feucht und kühl unter meinen Füssen, aber die Nadeln und Blätter, die schon eine Weile in der Sonne gelegen hatten, waren trocken und warm. Ich erinnere mich noch, wie wenn es gestern gewesen wäre, wie ich hinunterging und nach Aldo rief und nach ihm pfiff. Und wie es kühl um mich wurde, als ich unten im Schatten und am zerstörten Zaun ankam. Und wie mich Brennnesseln am Knöchel streiften und Brombeeren an den Füssen kratzten.

Und dann dieser Gana, der seine Hand auf meinen Arm legte! (Falls es überhaupt Gana war.)

Ich sagte gehetzt – nein, wahrscheinlich flüsterte ich nur, denn auch meine Stimme hatte keine Kraft mehr: "Nimm Deine Hand weg. Ich kann sonst nicht fort." Oder sonst irgend etwas Ähnliches. Und es war tatsächlich wie im Traum, wenn du fliehen willst und deine Beine sind schwer und tragen dich nicht oder sie sind festgenagelt oder was weiß ich, und du strengst dich an und zerrst und reißt und versuchst, dich loszueisen, aber du hast keine Chance. So war es. So stand ich da. Und Gana lachte nicht, nein, Gana lachte nicht. Er verstärkte seinen Griff, was fast etwas Herrisches hatte, und sah mich dazu sehr ernsthaft an, nicht traurig, nicht fragend, einfach offen, sehr ernst und sehr interessiert. Fast komme ich in Versuchung zu sagen: väterlich. Aber das kann wohl nicht sein, dass er mich väterlich anblickte in diesem Moment. Nein. Er sah mich an wie ein Arzt, der dir die Spritze ansetzt, die dich ins Nirwana der Narkose verfrachten soll. Im Vollbesitz der Kontrolle.

Und ich starb sieben Tode, denn ich wollte nicht in dieser Lage von diesem fürchterlichen Bertrand angetroffen werden. Und ich arbeitete und arbeitete, um mich aus meiner Erstarrung zu befreien. Ich hörte Bertrand näher kommen. Ich hörte die Zweige an seinen Körper klatschen, ich hörte, wie er auf einen trockenen Ast trat und wie er auf einem Stein ausglitt. Diese Geräusche kamen einzeln und deutlich zu mir, als ob in meinen Ohren ein Verstärker wäre, der jedes Geräusch vergrößert und verschärft. Ich saß in der Falle, unfähig mich zu wehren. Und dies war mir so peinlich wie mir noch nichts in meinem Leben peinlich gewesen war. Es war nicht Angst. Ich fühlte mich nicht bedroht. Aber ich war wie gefesselt, gebunden und gefangen. Und wollte nichts als fliehen.

Dann plötzlich ließ Gana mich los. (Inzwischen weiß ich, dass es Gana gewesen war.) Es war wie ein Schock und ich wunderte mich, dass es keinen Knall gab. Und bevor sein Bruder endgültig zu uns trat, drehte er sich von mir weg und sagte zu dem Ankommenden – als ob nichts gewesen wäre: "Schau mal, was irgend so ein Idiot hier kaputt gemacht hat." Und während Bertrand die wenigen Schritte machte, die ihn von uns noch getrennt hatten, fand auch ich meine Fassung wieder und ich sagte – doch tatsächlich auch ganz leichthin: "Ja, und mein Hund ist über alle Berge. Ich gehe ihn wohl besser suchen, bevor er wieder irgend etwas Fürchterliches anstellt."

Bertrand guckte ganz neutral und war höflich und nett und Gana entließ mich mit einem Nicken. Und ich machte mich davon und wusste nicht, ob ich wirklich erlebt hatte, was ich erlebt hatte. Denn eigentlich war das alles total unwahrscheinlich.

Auf dem Asphalt auf dem kleinen Sträßchen lagen viele lose Steinchen. Sie piksten mir in die Sohlen und ich verwünschte mich, dass ich so unbedacht ohne Schuhe aus dem Haus gerannt war. Doch während ich weiter ging, immer wieder nach Aldo rufend und pfeifend, begann ich das Stechen fast zu genießen. Es brachte mich wieder in diese Wirklichkeit zurück. Es erinnerte mich daran, dass es noch andere Dinge gab als diese merkwürdigen jungen Männer, die mich so fürchterlich in Verlegenheit brachten. Langsam hörte ich nun auch den Bach wieder rauschen und nahm den Geruch der Föhren wahr. Selbstverständlich blieb Aldo verschwunden. Ich hatte es auch nicht anders erwartet. Aber ich ging einfach weiter und weiter. Es war, als ob mein Körper es nicht genügend auskosten könnte, dass er nun wieder in der Lage war, sich frei zu bewegen.

Ich dachte an nichts. Eine riesengroße Müdigkeit hatte mich leer gemacht. Und als ich schließlich nach einem langen Spaziergang nach Hause kam, ging ich fast augenblicklich ins Bett. Ich informierte nur noch ganz kurz Charles, dass unser Zaun im Eimer und der Hund auf der Flucht sei. Und danach schlief ich, es ist kaum zu glauben, in einem Zug durch bis abends um fünf.

7

Schon morgens um sechs war ich wieder im Atelier. Ich drückte eine halbe Tube Karmesin auf die Palette und fing an, meine dunkelgrünen Bilder mit Rot zu behandeln. Es war so etwas wie eine Wut in mir und ich begriff zum ersten Mal die Maler, die nicht nur malten, sondern ihre Leinwände aufschlitzen: Auch ich hatte das Bedürfnis, tiefer und tiefer zu graben, hinein und unter die Dinge zu dringen. Und daraus entstand ja dann das, was dieser Kritiker in „Arts of America" dieses schmerzvolle Aufbrechen der Oberflächen" nannte, was ja sehr schön tönt, aber nicht viel besagt. Aber was dabei herauskam, hat mir im Nachhinein tatsächlich auch gefallen, vor allem als ich später noch mit etwas Gold darüber gegangen war. Aber lassen wir das.

Ich fuhrwerkte also den ganzen Tag mit meinem Karmesinrot herum. Ich hatte Ruhe, denn Charles war in die Stadt gefahren. Am Mittag hörte ich Aldo bellen. Offenbar hatte er die Freiheit satt bekommen und war zurück in den sicheren Hafen und zu seinem Futternapf gekommen. Er wirkte zerzaust, aber glücklich. Wahrscheinlich legte ich da aber zu viel Bedeutung in sein Wedeln hinein – vielleicht hatte er einfach Appetit auf sein schönes, saftiges Futter.

Eigentlich hatte Aldo an diesem Abend kein Recht mehr auf einen Spaziergang. Aber trotzdem ging ich mit ihm hinunter zum Bach. Vielleicht hatte ich Lust nach Bewegung, vielleicht spürte ich etwas. Jedenfalls zog es mich hinaus und hinunter.

Ich glaube ich wollte das Wasser sehen, die klare Durchsichtigkeit, die mit silbrigen Reflexen über die nassen Steine springt. Ich wollte das Murmeln hören, das mir etwas zu sagen schien, was ich nicht verstand. Ich wollte hinaus aus dem heißen Atelier und spüren, dass es Frische und Lebendigkeit gibt.

Und so saß ich unten am Bächlein, ein Stück von unserem Grundstück entfernt, dort wo die Bäume zusammenrücken und schon fast Wald genannt werden können. Aldo saß brav neben mir. Ich hatte ihn vorsichtshalber angebunden. Ich misstraute seiner Anhänglichkeit, nachdem er einen großen Napf voll Brei und zwei Handvoll Hundebiskuits verschlungen hatte. Es war still. Kein Verkehr auf dem Sträßchen. Nur das Gemurmel des Bächleins und das gewohnte Rauschen in den Bäumen waren zu hören. Und noch ein paar letzte Vögel, die trillerten und schwatzten. Denn hier unten dunkelte es schon.

Dann waren da plötzlich Schritte. Ich regte mich nicht, drehte mich nicht um, um zu kontrollieren, was war und wer kam. Ich schaute einfach ins Wasser, auf die hellen Sprenkel in den dunklen Steinen, auf die runden und die gezackten Linien, auf die Kräuter, die vom Ufer aus ihre Blättchen wohlig ins Wasser tauchten. Aldo klopfte leise mit dem Schwanz. Und dann stand er auf. Die Schritte näherten sich. Er wedelte und winselte erwartungsfroh. Ich wusste, es war kein Grund zur Panik, kein Grund, nachzuschauen, wer käme.

"Braver Hund, braver Hund," sagte seine Stimme. In meinem Rücken fand eine wilde Begrüßungsszene statt. Die Leine riss an meinem Arm. Aber ich blickte gerade aus, das Kinn auf dem Knie, wie eingefroren, wieder gelähmt. Abwartend und ergeben.

Und dann legte sich eine Hand auf meinen Nacken. Und während sich eine Gestalt neben mir niederließ, hob sich mein Kopf, dieser Hand und ihrer Berührung folgend, als ob er einer Marionette gehörte, die folgsam in den Fäden eines Spielers hing und jede seiner Bewegungen nachvollzog.

Und dann küsste er mich.

Ich kann Dir nicht sagen, Loredana, ob ich überrascht war. Etwas in mir war erstaunt, gewiss, aber etwas viel Stärkeres in mir hatte alles gewusst und nur darauf gewartet. Verzeih mir den Vergleich: Aber ich saß tatsächlich da, wie eine zum Tode Verurteilte, die darauf wartet, dass der Schuss oder das Fallbeil endlich fällt. Es schien alles so folgerichtig zu sein. Aber ich kann Dir unmöglich sagen, was es war, das auf was auch immer folgte. Oder wo es einen Anfang in dieser Geschichte gab.

Ich will Dich nicht eifersüchtig machen, Loredana, aber ich muss Dir sagen: Dieser Moment war der beste meines Lebens. Oder jedenfalls einer der vielen, wunderbaren, die mir nachher noch zu erleben vergönnt waren. Ganas Geruch war so vertraut, seine Lippen so richtig, weich und fest zugleich. Und er hielt mich so wunderbar. Es war wie in Abrahams Schoss. Es war wie – endlich – nach Hause zu kommen. Es war ein Sich-Ausbreiten, Weit-Werden und Vergehen. Und gleichzeitig war es sonderbar, dass es geschah, jetzt, an diesem Tag, und hier, an diesem Bach. Er und ich und der Hund.

Was ist ein Leben wert, dass dieses Glück nicht kennt? Was war mein Leben wert vor diesem Augenblick? Es kommt mir so vor, als ob mein ganzes Leben nur Vorbereitung gewesen wäre, warten, bis "es" geschieht. Warten. Weißt Du noch als wir Kinder waren: Die langen Nachmittage vor dem Weihnachtsabend, bis endlich die Tür aufging und der Christbaum im himmlischen Glanz erstrahlte! Mit den glitzernden Geschenkpaketen darunter! Oder war das für Dich nicht so? Hast Du nicht erlebt, wie Dich die Erwartung fast zerrissen hat und Du nicht mehr wusstest, wie Du es aushalten solltest? Jetzt, wo ich das schreibe, merke ich, dass mein Vergleich furchtbar hinkt. Als Kind wusste ich, was mich erwartet. Ich wusste, da ist dieses gelbe Licht, das mich selig macht, da sind die Geschenke, die mir wie Wunder vorkommen. Und ich sehnte den Augenblick herbei, an dem die Glocke ertönen und die Türe sich öffnen würde. Ich wusste, hinter dieser Türe ist das Wunder. Jetzt aber hatte ich auf nichts gewartet und auf kein Wunder mehr gehofft. Ich war fast fünfzig und zufrieden. Ich hatte nichts mehr geglaubt und nichts mehr erwartet.

Und doch war es gekommen. Und es ließ mich spüren, dass ich Lippen habe, dass ich Hände habe, dass ich einen Körper habe. Und alles öffnete sich und zerfloss und ich löste mich auf. Und indem ich aufhörte mich zu sein, wusste ich, so gut wie noch nie in meinem Leben, dass ich bin.

Als ich wieder zu mir kam, spürte ich seine kräftigen Haare in meinen Händen und Aldos Leine, die mir in den Arm einschnitt. Ich hustete, setzte mich auf, strich mir die Haare aus dem Gesicht und sagte: "Mein Gott".

Gana saß still neben mir und schaute ins Wasser. Er nahm meine Hand und hielt sie fest in seiner. Es fühlte sich sicher und warm an.

So blieben wir ganz lange und sagten kein Wort. Das Wasser hüpfte und murmelte, aber sein Glanz erlosch, denn langsam kroch die Dunkelheit unter den Bäumen hervor und legte eine dicker werdende Schicht von Undurchsichtigkeit über das kleine Tal. Und das war gut so. Ich weiß nicht, wie ich Gana hätte in die Augen sehen können.

Du musst nicht denken, dass ich mich schuldig fühlte. Die Schuldgefühle kamen erst sehr viel später, um mich fast zu erdrücken. Nein, ich wagte nicht in seine Augen zu schauen, aus Angst, dass sie etwas anderes sagen könnten, als ich fühlte. Aus Furcht, dass sie weniger spiegeln könnten, als das große Wunder, das ich gerade erlebt hatte. Ein lachender Blick hätte mich in diesem Augenblick zutiefst verletzt, ein distanzierter hätte mich getötet. Und so blickte ich krampfhaft geradeaus. Und auch er schaute vor sich ins Dunkel hinein.

Und keiner sprach. Aus dem gleichen Grund. Als ob ein lauter Ton zu viel gewesen wäre in diesem Moment, als ob ein falsches Wort alles hätte zerstören können.

So hielten wir uns still an der Hand. Ich war sehr glücklich. Aber auf diesem Augenblick, der so herrlich fließend war, lag auch eine drückende Ungewissheit: Die Frage, was das wohl bedeutete. Was es für ihn war. Was daraus werden sollte. Die Fragen waren schwer auszuhalten. Aber die Angst, etwas zu zerstören, wenn sie ausgesprochen würden, war grösser als der Schmerz über die Ungewissheit und das Nichtwissen.

8

Es war schon ziemlich dunkel, als ich den magischen Moment zerbrach. Ich riss mich zusammen und sagte: "Ich gehe jetzt."

Gana hielt mich nicht zurück. Er stand auf und zog mich hoch. Er umarmte mich und drückte mich fest an sich und sagte leise: "Ich bleibe noch." Und dann zottelte ich davon, im Schlepptau von Aldo, ohne mich noch einmal umzusehen.

Ich war wie betäubt, wenigstens am Anfang, aber als ich langsam den kleinen Weg hinaufkletterte, fing es in mir wieder zu denken an. 'Ich bin wahnsinnig', dachte ich, 'er könnte mein Kind sein. Ich bin wahnsinnig, ich bin doch verheiratet. Ich bin wahnsinnig, er macht sich doch nur über mich lustig.' So kreiste es mir im Gehirn und ich fühlte mich fürchterlich. Und dann sah ich das Haus und die Lichter und dann kam als nächster Gedanke: 'Mein Gott, Charles. Wird er mir etwas ansehen? Was soll ich zu ihm sagen? Was soll ich um Himmelswillen bloß tun?' Ich war ganz einfach grenzenlos verwirrt.

Aber als ich dann unter der Haustür stand, ergriff automatisch mein altes Leben von mir Besitz. Ich räusperte mich, öffnete die Tür, hängte die Leine auf und rief: "Hallo Charles, guten Abend, bist Du schon lange zuhause?"

Und Charles antwortete gut gelaunt aus der Küche: "Ja, und ich habe sogar schon etwas gekocht. Komm her, wir können gleich essen."

Das ging mir zu rasch und so rief ich: "Einen Moment noch: Ich muss noch schnell ins Bad."

Und dann stand ich vor dem Spiegel und hatte Augen wie Wagenräder und dachte: 'Es ist ungerecht gegenüber Charles.' Aber dann sagte ich mir auch gleich: 'Was ist denn schon gewesen.' Doch dieser Gedanke schmerzte. Sehr. Also schluckte ich tief und verbot mir jedes weitere Denken. Ich wusch mich mit kaltem Wasser und kämmte das Haar und besprühte mich dick mit Parfüm, denn der Duft von Ganas Haaren lag wie eine dicke Wolke über mir. Oder jedenfalls kam es mir so vor. Und dann ging ich so gefasst wie möglich hinunter.

Das Essen war gut und der Wein beruhigte mich und ich fühlte mich jetzt großartig. Wahrscheinlich war ich sogar etwas lebhafter und charmanter zu Charles als sonst. Jedenfalls nahm er mich nach dem Essen in den Arm und drückte mich, wie er es schon lange nicht mehr getan hatte. Und ich genoss es.

Am nächsten Morgen war ich wieder im Gleichgewicht. Die Szene am Bach war wie ein Traum, der nachwirkte, aber wie jeder Traum zu Schaum erklärt und vergessen werden konnte. Ich war guter Laune, arbeitsam und froh. Und dieser Zustand hielt an, um so mehr, als ich Gana nicht wiedersah.

Erst vier Tage später tauchte er wieder auf. Er rannte von seiner Einfahrt hinunter auf mich zu, als ich mit Aldo aus dem Haus kam. "Hallo", rief er schon von weitem, "kann ich mitkommen?" Und ich rief zurück: "Wenn Du willst."

Und dann gingen wir, jeder auf seinem Grundstück, getrennt durch den Zaun, zum Bach hinunter. Die Lücken dort unten waren noch nicht repariert, und so trafen wir uns auf der Unfallstelle und gingen nicht durch die kleinen Türen, die es da unten auch noch gab. Irgendwie war ich nicht dazu gekommen, mir Gedanken darüber zu machen, was geschähe, wenn ich Gana wieder treffe. Vielleicht wagte ich es auch ganz einfach nicht, mir irgend etwas auszumalen. Jedenfalls ging ich, eigentlich merkwürdig kühl, in dieses neue Treffen hinein. Gana war nicht mehr das Nichts, das er für mich gewesen war, als er einfach irgend ein Sohn von irgend einem Nachbarn gewesen war. Er war aber auch nicht mehr einfach der unverschämte Bengel vom Schiff, dessen Verhalten ich mir nicht zusammenreimen konnte. Er war aber auch nicht der ideale Liebhaber von neulich, denn in dieser Rolle war er einfach zu unwahrscheinlich. Es war, als ob ich es nicht wirklich erlebt hätte. Und so ging ich unbekümmert und neutral auf ihn zu. Als ob nichts gewesen wäre.

Und er war genau so. "Ideales Wetter für einen Spaziergang", sagte er ohne mir die Hand zu geben oder mich sonst zu berühren. Und dann machte er Bemerkungen über den Gartenzaun und über Aldo. Und ich fragte ihn nach seiner Schule. Er erklärte mir einiges über seine Baseball-Mannschaft, in der er stark engagiert war. Und er sagte mir, dass er mich malen gesehen hätte und ob er mich gelegentlich im Atelier besuchen könne. Und dann sprachen wir über Politik und die aufregenderen Dinge, die in den letzten Tagen in der Zeitung gestanden hatten. Und ich spürte, da ist ein sehr ernsthafter, intelligenter aber auch noch sehr sehr junger Mann. Und ich hatte keine Ahnung, was er in diesem Moment für mich empfand.

So gingen wir eine gute halbe Stunde durch das lockere Wäldchen. Dann kehrten wir um und kamen den gleichen Weg zurück. Unter den letzten Bäumen, kurz bevor wir wieder zu unseren Grundstücken kamen, griff er plötzlich nach meiner Hand und wir spazierten Hand in Hand wie Hänsel und Gretel. "Ich bin sehr glücklich, dass ich mit Ihnen gehen durfte", sagte er etwas verlegen. Und ich, kein bisschen verlegen: "Ja, ich fand das auch sehr schön. Vielleicht machen wir das wieder einmal." Und es fühlte sich tatsächlich großartig an und sehr, sehr normal.

Bei der Lücke im Zaun küsste er, wie ein Operettenprinz, meine Hand und sagte: "Herzlichen Dank und auf Wiedersehen, Mrs. Palmer." Und ich sagte: "Aber Du kannst mich doch Peggy nennen." Und da schaute er auf und lachte mich strahlend an und ich weiß nicht, ich hatte fast das Gefühl, dass er sich auf eine gutmütige Weise über mich lustig machte. Aber das war nur so ein kurzes Aufblitzen und verschwand gleich wieder und ich fühlte mich nicht schlecht dabei. Und dann gingen wir, jeder auf seiner Seite, den Abhang hinauf.

Ich war bester Laune, wenigstens die ersten paar Meter. Aber dann begann etwas in meinem Körper zu ziehen. Es war tatsächlich etwas ganz und gar Körperliches, ein Reißen, das immer stärker wurde. Und es ging von diesem schrecklichen Kind da drüben aus. Oder von diesem herrlichen, jungen Mann.

Ich verlangsamte meinen Schritt und ließ ihn vorausgehen. Er schaute nicht zurück. Als ob er wüsste, dass das im Moment zu viel für mich wäre. Aldo rannte zwischen ihm und mir hin und her, jedenfalls so weit, wie der Gartenzaun es zuließ.

Ich wurde noch langsamer. Dieses Ziehen im Körper strengte mich furchtbar an und ich schaffte es kaum den Berg hinauf. Ich schnaufte und taumelte fast. Als ich endlich bei der Zeder ankam, von der aus das Haus sichtbar wird und der Rasen flach, da musste ich anhalten. Ich lehnte mich erschöpft an den Stamm und drückte meine Hände in die kantigen, rauen Borken der schartigen Rinde. Es war gut, ihre Härte zu fühlen. Es gab mir eine Art von Halt. Denn inzwischen hatte sich das Ziehen in einen fürchterlichen Schmerz verwandelt. Ich fühlte, wie ich auseinanderbrach und in Stücke ging.

Aldo war nicht mehr zu sehen und Gana verschwand eben endgültig hinter den Rhododendren. Ich konnte mich kaum auf den Beinen halten. Alles schwankte und in mir wurde es schwarz. Einen Moment lang meinte ich zu sterben, doch dann war ich erstaunlicherweise irgendwie trotzdem noch da. Ich sah an mir herunter und mir war, als ob ich mein Herz vor mir sähe. Es hing, zerrissen in Streifen, zerfleddert und schäbig wie eine alte, von Wind und Wetter ausgebleichte und zerfetzte Flagge. Und mit Erstaunen stellte ich fest, dass es immer noch schlug. Und das kam mir vor wie ein Witz von kosmischer Dimension.

Ja, und damit begann meine jahrelange Fahrt auf dieser Achterbahn, die mich auf lichtvollste Höhen führte und darauf in dunkelste Abgründe stürzen ließ und mich auch jetzt noch rauf und runter schüttelt und sich, ich weiß nicht warum, nicht mehr anhalten lässt. Wie ein verschnürtes Paket fühle ich mich, unfähig einzugreifen und zu sicher festgezurrt, um endgültig ins Nichts abzustürzen. Manchmal wünsche ich mir, es wäre alles vorbei. Und dann wieder weiß ich, dass dieses das Schlimmste wäre, was mir passieren könnte.

Oh, Loredana, ich glaube, ich mache etwas verkehrt!

9

Als ich am Morgen erwachte, war mein erster Gedanke sein Name und er tönte so laut wie ein Ruf in meinem Kopf, so dass ich dachte, ich hätte ihn ausgesprochen. Ich schaute ganz erschrocken nach Charles, ob er wohl etwas gehört habe. Aber er lag wie immer zusammengekugelt da und schlief. Ich drehte mich weg und blickte zum Fenster und sah Ganas schönes Gesicht vor mir und fühlte seine Haare in meinen Händen, wie Schnüre oder dicke Zotteln waren sie, dick, filzig und erstaunlich weich zugleich. Und wundervoll glänzend.

Da dämmerte mir, dass es mich ernsthaft erwischt hatte und ich beschloss, ohne viel nachzudenken, zu fliehen.

Ich wartete, bis Charles erwachte. Als er die Augen aufschlug, sagte ich: "Kannst Du mich bitte mit nach New York nehmen?" Denn Charles wollte am Tag darauf in den Osten fliegen.

"Aber ich habe doch überhaupt keine Zeit für Dich, Liebes", erwiderte er matt. Er war noch nicht wach genug, um überhaupt erstaunt zu sein, dass ich eine solche Frage an ihn richtete. Denn normalerweise vermied ich das Reisen wie die Pest.

"Ich besuche Candice", schlug ich vor. "Und den Hund bringe ich ins Heim".

Und so geschah es. Im Schlepptau von Charles flog ich in die Stadt, die ich bisher immer zu hassen gemeint hatte. Und es war eine Reise ins Licht: Bei der Landung ging gerade die Sonne unter und spiegelte sich golden in den glatten Wassern der Lagunen, über denen in einiger Entfernung ein wattiger Dunst lag. Dieser begann nun, von der scheidenden Sonne berührt, zu glühen, sanft und goldrosa: wie der Atem eines Gottes. Und darüber hing ein Himmel aus Glas, kalt, hellblau, durchsichtig und weit wie die Ewigkeit. Dies ergab einen enormen Kontrast: Das nebligtrübe, warm angehauchte Unten und diese kristallklare, endlose Kälte oben. So entfernt und abweisend habe ich den Himmel noch nie gesehen. Es war unbeschreiblich schön, und selbst das Flugzeug leuchtete nun golden auf und wurde zum mystischen Vogel, der mich von irgendwoher nach irgendwohin entführte.

Und das Gold begleitete mich durch die New Yorker Tage, leuchtete in den rotverfärbten Blättern des Ahorns im Park, spiegelte sich in den Scheiben der Hochhäuser, ließ Beton wie Carraramarmor leuchten und legte einen gnädigen Glanz auf den Dreck, der aus allen Ecken quoll. Selbst der Verkehr war für einmal nicht das schwarze Ungeheuer, sondern ein lichtumfluteter Strom, der goldene Chromstahlblitze warf.

Die Außenwelt war also herrlich. Und mein weidwundes Herz versteckte ich hinter den Rüschen und weichen Polstern von Candice' Junggesellinnenwohnung. Sie war wie die eines junges Mädchens, voller Schnick-Schnack und Volants, voller Blumen und Duft, mit Indianern aus Ton und Kakteen aus Blech, hoch über Manhattan, mit Blick auf den Park.

Und dort verbrachten wir Stunden und redeten, wie damals im College, Du erinnerst Dich, über Gott und die Seltsamkeiten der Welt. Und gelegentlich auch über die Männer, allerdings seltener als dazumal und auch ein wenig zynischer. Doch ich passte auf mich auf und behielt mein Geheimnis für mich. Tagsüber aber im Park, wenn Candice in der Schule war, legte ich mich in die Sonne auf die runden Steine. Und dann sah ich sein Gesicht vor mir, seine Lippen und seine Augen und seine glänzenden Locken, in die ich hätte fahren wollen, um ihn zu halten und in meinen Griff zu zwingen.

Doch dann beschloss ich eines Tages, dass damit Schluss sein müsse. Ich vertrieb diese Bilder aus meinem Sinn, indem ich andere in mich aufnahm. Ich ging ins Museum. Zuerst zu den riesigen Plastikwalen und Elefanten und all den ausgestopften Viechern, die hier drin überlebten, während wir sie draußen ausrotteten. Und dann wechselte ich zu den Tafelbildern im Metropolitan gegenüber. Aber ich hatte ziemliche Mühe mich zu konzentrieren und so setzte ich mich ins Glashaus, zum ägyptischen Tempelchen, in das hier keiner mehr zum Beten gehen konnte.

Stundenlang saß ich da und guckte ins Wasserbecken und schaute zu, wie sich die Bäume des Parks und die vorbeiwandernden Besucher spiegelten. Die Leute gingen auf dem Kopf wie Schemen aus der Unterwelt. Und ihre Gespräche waren gedämpft, wie das Murmeln unseliger Geister.

Abends, wenn wir ausgingen, war ich ganz die Alte, kicherte mit Candice wie während unserer College-Zeit, machte hämische Bemerkungen über die anderen Leute im Restaurant oder befliss mich, ernsthaft über Politik zu diskutieren, die Candice immer noch ernst nahm. Charles kam kaum aus seinem Hotel heraus, er musste eine Geschäftsbesprechung nach der anderen absitzen. Nur einmal nahm er sich die Zeit und lud uns zum Essen ein. Dann allerdings auch gerade zu Bouley's, wo wir tatsächlich, umgeben von den unglaublichsten Blumensträußen, sehr gut aßen und einen angeregten Abend verbrachten. Candice war zwar am Anfang wie gewohnt scheu und still, aber Charles hofierte sie so, dass sie schließlich ihre lebhafte

Seite freigab und den Abend ganz offensichtlich genoss. Und als dann die sechs verschiedenen Desserts auf den Tisch kamen, kannte ihre Begeisterung keine Grenzen mehr. Verführt vom Rahmkuchen mit Karamelkruste warf sie sich an Charles' Hals und flüsterte ihm so wild ins Ohr, dass ich ungeduldig geworden wäre, wenn ich nicht für mich so vieles zu denken gehabt hätte.

Zehn Tage vergingen mit rasender Geschwindigkeit. Ich wollte oder konnte aber noch nicht zurück und sagte Charles, dass ich noch ein paar Tage länger bleiben wolle. Er schien es sehr zu bedauern, dass er keine Zeit hatte, seinen Aufenthalt zu verlängern und mit mir in die Museen zu kommen, denn das nannte ich als Vorwand. Aber ich bedauerte es nicht. Ich wollte allein sein, ich wollte im Central Park sitzen, vor mich hin starren und endlich versuchen, mich wieder zu finden und meine Gefühle an die Leine zu legen.

Und so wurden diese letzten Tage zur harten Arbeit. Ich kratzte meine Vernunft zusammen, wo ich sie überhaupt noch finden konnte. Ich rechnete mir alles vor und nach. Ich sagte mir, wie unmöglich die Situation sei, wie unmöglich ich sei. Und schließlich gelang es mir, mir zu glauben. Ich fühlte mich gefestigt und reif und äußerst moralisch, als ich schließlich beschloss, dass das alles ein Ende haben müsse, und dass ich meine Verliebtheit und Gana energisch von mir weg scheuchen würde, falls er sich mir wieder nähern sollte. Und ich redete mir ein, dass das wahrscheinlich überhaupt nicht der Fall sein würde. Tatsächlich war ja, mit etwas Abstand und bei Tage gesehen, die ganze Geschichte hochgradig unwahrscheinlich und eigentlich, ich wurde mir mit jedem Tag sicherer, hatte sie gar nie stattgefunden.

Zwanzig Tage Großstadtbrausens waren vergangen, als ich selbstsicher und wohlgemut in mein baumumstandenes Haus zurückkehrte. Und ich staunte, dass der Mond hier über der Zeder hing, anstatt zwischen den Glasfassaden der Wolkenkratzer. Und ich konnte es kaum glauben, dass es hier nichts zu hören gab, als einen leisen Wind, der in den letzten Blättern raschelte und ein Käuzchen, das am Bach unten wimmerte. Und ein bisschen vermisste ich die Seeluft, die mich in New York immer so aufkratzt. Hier lag die Herbstfeuchtigkeit bereits dick in der Luft und drückte mir auf den Atem.

Am nächsten Morgen holte ich zuerst den Hund aus dem Heim und danach ging ich in mein Atelier, machte gründlich sauber und sorgte für allgemeine Ordnung, denn ich hatte im Sinn, nun zackig und brav an die Arbeit zu gehen und eine tüchtige, fleißige Malerin zu sein. Es ist unglaublich, wie viel Staub sich in so kurzer Zeit ansammelt und wie viele Spinnen es sich wieder einmal in den Kopf gesetzt hatten, unter meinem Dach zu wohnen. Jedenfalls musste ich ihnen das Handwerk legen und jede Menge von Spinnweben entfernen, die sich wie ein überirdischer Glanz auf meine Sachen gelegt hatten. Es dunkelte bereits, als ich endlich dazu kam, Aldo spazieren zu führen.

Ich schwöre Dir, ich dachte mir wirklich nichts,

als ich aus dem Haus ging, jedenfalls nichts anderes, als dass es bald Winter sein würde und dass ich hoffte, dass es in diesem Jahr nicht all zu viel Nebel absetzen würde und dass es gut sei, wieder zuhause zu sein und eine Arbeit zu haben, die mich in Aufregung und Spannung versetzt.

Und ich dachte mir auch noch nichts, als Aldo mit wildwedelndem Schwanz ums Haus lief. Oder vielmehr dachte ich einfach, auch er freue sich, wieder zuhause und hier auf seinem Gelände zu sein. Erst als er dem Zaun entlang lief und freudig bellte und damit nicht aufhören wollte, schrak ich auf.

"Es darf doch nicht wahr sein", sagte ich laut.

Aber es war wahr.

10

Ich ging den Pfad hinunter ins Tal, das im Dunkel lag. Und jenseits, hinter dem Zaun, ging jemand durch die Büsche, den ich hören, aber im diffusen Licht nicht mehr sehen konnte. Und das konnte nur er sein. Ich spürte es. Ich spürte es daran, dass ich kaum mehr atmen konnte und dass all meine Vernunft und all die guten Vorsätze in sich zusammensackten. Noch hätte ich umkehren können, aber ich ging einfach weiter und mit jedem Schritt verlor ich ein Stück meiner Selbstsicherheit. Wieder war ich in dieser Hypnose, die mich in eine Richtung zwang, in die ich nicht gehen wollte. Oder in die ich unbedingt gehen wollte. Denn nicht dorthin zu gehen wäre wie sterben.

Gana erwartete mich unten auf der Straße. Er sagte weder guten Tag noch guten Abend. Er fragte nicht, wo ich gewesen sei. Es war dunkel und ich sah ihn gar nicht richtig. Ich spürte nur einfach, wie ich auf ihn zuging und wie er auf mich zukam und wie wir ineinander sanken. Unsere Lippen fanden ohne Suche zueinander. Und dann war alles so, wie es immer hätte sein müssen: Seine dicken Haare in meinen Händen, sein Duft in meiner Nase, seine köstlichen Lippen auf meinem Mund.

Ich weiß nicht, verging ein Moment oder eine Ewigkeit. Ich weiß nur, dass ich ihn nicht loslassen konnte. Kaum unterbrachen wir unseren Kuss, um etwas Atem zu schöpfen, fiel ich wieder über ihn her. Oder war er es, der nicht genug kriegen konnte? Der mich immer wieder von neuem packte und immer noch fester an sich presste? Der seinen Körper an mich drückte, mit einer Kraft, die ich bei einem so jungen Mann gar nie vermutet hätte. Ich weiß es nicht mehr. Ich will es nicht wissen. Es spielt keine Rolle mehr. Auch nicht, wie wir danach durchs Dunkel spazierten und nacheinander tasteten, wie wir uns trennten und wieder umarmten. Und wie wir schließlich nach Hause kamen. Ich mehr durcheinander als je im Leben. Und er? Ich weiß es nicht. Denn wieder hatten wir nicht gesprochen. Wieder war alles in der Stille geschehen, als ob wir Sorge tragen müssten, nichts und niemanden zu wecken mit unserem Treiben.

Und so still und so leidenschaftlich vergingen die folgenden Tage und Wochen. Unsere Spaziergänge waren ein dunkles Ritual, dass wir mit Ernst, Hingabe und Regelmäßigkeit begingen, uns nicht fragend, wozu und wieso.

Über Weihnachten flogen die Poghuys zum Skilaufen und ich wurde krank. Ich lag im Bett und vermochte nicht, mich zu rühren. Charles war reizend und brachte mir Tee und Toast. Für den Silvesterabend rappelte ich mich zusammen, zog etwas Nettes an und begleitete Charles auf Reynolds Party. Aber bald wurde mir schlecht und ich musste wieder nach Hause zurück. Selbstverständlich ging es mir jeden Tag besser, als sich die Weihnachtsferien endlich ihrem Ende näherten. Und als der Toyota drüben vorfuhr und die Skifahrer nach Hause zurückbrachte, stand ich am Küchenfenster und war gesund. So gnadenlos spielte mein Körper in jenen Tagen mit mir!

Und wieder trafen wir uns. Und wieder sprachen wir kaum. Höchstens dass er oder ich gelegentlich sagten: "Morgen bin ich nicht da." Aber sonst blieb alles ungesagt. Und wer weiß, vielleicht wagten wir nicht einmal zu denken.

Und dann kam der Zwischenfall, der alles veränderte.

Wir hatten uns wie gewohnt getroffen, aber etwas war an diesem Abend seltsam. Ganas Küsse waren ungewohnt sanft und zögernd und er strich mir in einer Art über die Wange, wie er es bisher noch nie getan hatte. Ich hielt seine Hand fest und küsste sie und spürte mit meinen Lippen, dass er eine Verletzung am Daumen hatte. "Mein Gott, was hast Du da", flüsterte ich. Und er: "Das ist nichts, das habe ich schon lang."

Das traf mich wie ein Blitz.

"Du bist nicht Gana." Ich glaube, ich schrie fast. Ich packte ihn und sah ihn mir an. Und ich weiß nicht, warum ich seine verängstigten Augen sehen konnte, es war nämlich ziemlich dunkel. Ich konnte, außer seiner Angst, nichts Verdächtiges sehen. Und trotzdem fuhr ich ihn an: "Du bist Robert." Ich wusste es einfach, es war mir klar, noch bevor er nickte.

Ich war so wütend, dass ich beinahe den Verstand verlor. Aber glücklicherweise war es eine kalte Wut und so tat ich ihm nichts, sondern zischte ihn nur an: "Pack Dich nach Hause und sag Deinem Bruder, er soll Dich mal." Ich hielt ihn noch immer am Nacken gepackt und schubste ihn nun grob von mir weg und er ließ es mit sich geschehen, als ob er eine Katze wäre, die in eine Ecke geworfen wird. Und schon war er im Dunkel verschwunden.

Ich blieb zurück und weinte rückhaltlos, vor Wut zuerst, und dann immer mehr vor Entsetzen und Weh. Ich spürte erst in diesem Moment, wie weit ich mein Herz für Gana geöffnet und wie sehr ich mich ihm preisgegeben hatte. Ich war schutzlos. Und er spielte mir einen so fürchterlichen und geschmacklosen Streich! Meine gute, alte Vernunft tauchte wieder auf und sagte, sie hätte es ja gleich gesagt und immer gewusst, und 'der Junge macht sich doch nur über dich lustig', und so ging es weiter und weiter, bis ich schließlich meine Tränen trocknete und bitter lachend zu mir sagte, ich hätte es wohl nicht besser verdient.

Aldo stand an meinem Knie und wedelte, als ich mich nach einer langen Zeit endlich in Bewegung setzte. Wir gingen nach Hause und in den folgenden Tagen achtete ich darauf, den Hund während der Schulzeit spazieren zu führen, so dass Gana keine Gelegenheit mehr hatte, mich zu sehen.

Am fünften Abend kam er in mein Atelier. Ich saß seit Tagen vor der gleichen Leinwand und starrte auf die flockige Oberfläche der dick aufgetragenen, dunkelgrünen Farbe. Ich konnte mich nicht entscheiden, wie ich weiterfahren sollte. Ich glaube, ich dämmerte vor mich hin, um die Verzweiflung nicht so deutlich zu fühlen, die wie ein dunkles Ungeheuer irgendwo in mir lauerte und von mir Besitz ergreifen wollte. So saß ich und hörte wohl das leise Klopfen in meinem Rücken, aber irgendwie dachte ich, es könne nicht für mich gemeint sein und rührte mich nicht. Gana, der mich wohl von draußen so sitzen sah, öffnete die Tür einen Spalt breit und rief leise: "Darf ich hereinkommen, ich bin's. Gana."

Ich war unfähig, einen Ton zu sagen. Auch wusste ich nicht, ob ich ihn sehen wollte oder nicht. Und so sank ich einfach noch mehr in mich zusammen und legte meine Hände auf mein Gesicht und wünschte zu versinken oder unsichtbar zu werden.

So wartete ich und hoffte, auf irgend eine Weise aus dieser Situation erlöst zu werden. Und Gana stand irgendwo mucksmäuschenstill, als ob er gar nicht da wäre.

Minuten vergingen. Und dann plötzlich hatte ich es satt und drehte mich um und fuhr ihn an: "Was willst Du hier?" Und Gott sei Dank nahm mich nun meine kalte Wut wieder in Besitz, so dass ich

nicht weinte und nicht schrie, sondern wahrscheinlich einfach nur ungeheuer böse dreinschaute.

Und er stand da, gar nicht erschrocken, und
blickte mich einfach voller Ernst mit großen Augen an und er hatte wieder diesen Arztblick voller
Konzentration und Gewissenhaftigkeit, aber auch
voll gefühlsmäßiger Distanz.

Und ich schmolz wieder.

11

"Ich bin gekommen, um es Dir zu erklären.."

Es gelang mir, meine Stimme kalt und distanziert
klingen zu lassen: "Da gibt es nichts mehr zu sagen", unterbrach ich ihn.

"Ich sehe, dass ich Dich verletzt habe, und das
tut mir leid. Aber lass mich..."

"Aha", schnauzte ich, "Du hast mich verletzt.
Du hast mich versetzt und lächerlich gemacht.
Und nun willst Du Dich erklären. Aber Du musst
wissen, ich will gar nichts wissen. Nichts. Und nie
mehr!" Nun kamen mir doch die Tränen und ich
musste mich wegdrehen, damit er sie nicht sah.

"Er wollte es mir einfach nicht glauben!" Ganas
Stimme klang nun klein, verzweifelt und verloren.
"Er wollte mir einfach nicht glauben, wie wunderbar Du bist. Und er ist doch mein Bruder. Ich
meine, er und ich, wir sind doch wie eins."

Das verblüffte mich nun so, dass ich meine Wut
und Verletztheit für einen Moment vergaß. Ich
schluckte, drehte mich zu ihm und sagte streng,
wie eine böse Lehrerin: "Wie war das, bitte?"

Und dann erzählte mir Gana, dass Robert angefangen hatte, seine Abwesenheit zu bemerken. Er fragte ihn so lange aus, bis er herausfand, dass Gana sich mit mir traf. Er wollte es zuerst kaum glauben, weil ich doch schon so alt bin. Aber Gana sagte ihm, ich sei eben nicht so, und alles sei ganz anders und es sei wunderbar. Aber Robert insistierte und machte ihm immer wieder Vorhaltungen und wollte ihn daran hindern, weiter mit mir zusammenzukommen. Und Gana konnte sich diesen Vorwürfen kaum entziehen. "Denn weißt Du", sagte er, "Robert und ich, wir sind wie eins, wir können nicht leben, wenn wir Streit haben. Ich spüre so gut, wenn er unruhig ist, dass ich keine ruhige Minute habe. Und umgekehrt ist es genau so. Und so habe ich ihm gesagt: 'Erleb es doch selber. Geh hin und erleb es doch selber'."

Und so hatten sie die Rollen getauscht, und Robert war an Ganas Stelle getreten. Und ich hätte es vielleicht nicht einmal bemerkt, wenn er nicht diese Verletzung am Daumen gehabt hätte.

Ganas Geschichte hatte mich ergriffen und mich von meinem Kummer abgelenkt. Seine Vermischtheit mit seinem Bruder interessierte und rührte mich. Er stand noch immer vor mir, und seine Locken glänzten unter den hellen Lampen meines Ateliers. Ich sah ihn an, ausgiebig. Noch selten hatte ich bisher Gelegenheit gehabt, ihn bei so gutem Licht, so gründlich zu mustern. Seine Schönheit ließ meinen Ärger in nichts zerflattern. Dieser junge Mann war ein Kind und ich war selber schuld, wenn ich bei dieser Geschichte Schaden nahm.

"Setz Dich." Ich zeigte auf die Lehnstühle am Kamin. "Willst Du was trinken?"

"Ja, danke, das wäre fein." Seine Lippen waren außerordentlich fein und scharf geschnitten, waren aber von wollüstiger Fleischigkeit und, wie ich wusste, von fester Härte.

"Weißt Du", sagte ich, "es ist nicht leicht für mich. Ich kenne Dich ja kaum. Und ich hasse es, wenn man mich veräppelt."

Gana biss sich auf die Lippen. Nun tat es ihm wirklich leid, das war zu sehen. Aber was sollte ich mit einem Kind, das sich selber leid tut?

"Bist Du mir noch böse, Peggy?"

"Ich weiß es nicht."

Ich brachte Tee aus dem Thermoskrug. Milch und Zucker standen auf dem Tisch. "Wir könnten ein Feuer machen", sagte ich. Und Gana machte sich eilig ans Werk, zerknüllte eine Zeitung und errichtete darauf einen Kegel von zuerst feinen, dann immer dickeren Hölzern. Ich lehnte mich zurück und beobachtete mit Freude seine bestimmten und sicheren Bewegungen und genoss den roten Schein auf seinem Gesicht, als er nun die Zeitung anzündete. Dann setzte er sich und lächelte mich, halb strahlend, halb schüchtern an.

"Gana ist ein seltsamer Name." Ich sagte es so vor mich hin, ohne eine Antwort zu erwarten. Aber Gana stürzte sich dankbar auf das Thema. Er suchte nach Brücken zu mir und ging bereitwillig auf alles ein, was von mir kam.

"Das ist nicht mein richtiger Name", sagte er eifrig. "Eigentlich heiße ich Gerard. Aber als ich klein war, war ich in Ganesha verliebt, weißt Du, diesen indischen Elefantengott. Eine Tante von uns hatte eine kleine goldene Statue von Ganesha, und ich war so verrückt nach ihr, dass ich sie schließlich geschenkt erhielt. Und weil ich ein so großes Theater um diese Sache machte, nannten mich meine Brüder schließlich Gana. Und dann blieb der Name an mir hängen."

Die Geschichte gefiel mir. "Peggy ist auch nicht mein richtiger Name." War das nicht eine seltsame Tatsache?

"Wie heißt Du denn?"

"Helen. Aber in unserer Klasse hießen zwei Mädchen so. Die Lehrerin fragte uns, ob eine von uns einen zweiten Namen hätte, und als wir verneinten, fragte sie, ob eine von uns zwei ihren Namen auswechseln möchte. Und ich fand das lustig und sagte ja. Ich wollte Peggy heißen, wie die liebe Kinderschwester, die mich und meine Geschwister früher versorgt hatte. Peggy war weich und gütig gewesen. Peggy hatte immer so gut gerochen. Mit ihrem Namen hoffte ich ein bisschen von meinem Kleinkinderglück zurückzugewinnen. Ich war richtig glücklich, dass ich nun Peggy geworden war. Aber als ich zuhause meiner Mutter von dem Namenswechsel erzählte, schnaubte sie bloß verächtlich und sagte: 'Peggy ist aber ziemlich ordinär.' Und da wusste ich, dass ich diesen Namen bis an mein seliges Ende behalten und verteidigen würde." Ich schaute ins prasselnde Feuer und lachte leise vor mich hin über meine Sturheit. Ich hatte Gana fast vergessen, bis er ganz sanft fragte:

"Darf ich Dich Helen nennen?" Und ich weiß

nicht, war es sein Ton oder die Frage, die mir beinahe die Tränen in die Augen trieb. So nickte ich nur und zuckte die Schultern und guckte wieder ins Feuer. Und verfluchte die ständig wechselnden Wirkungen, die Gana auf mich und meine wildgewordenen Gefühle hatte.

Wir saßen und plauderten lange, ruhig und traulich wie zwei alte Freunde. Und ich staunte, wie erwachsen Gana in manchen Bereichen war und wie kindlich naiv in anderen. Wir sprachen über dies und das und schließlich auch über meine Bilder. Gana stand auf und schaute sich alles an, was zugänglich war, und machte Bemerkungen über Einzelheiten, die ich schon immer hätte hören wollen, und die mir zeigten, dass er mich auf eine Weise verstand, wie ich das noch nie erlebt hatte. Und so wurde ich mit der Zeit ganz glücklich und offen. Du musst nicht denken, Loredana, dass er mir einfach schmeichelte, obwohl ich durchaus bereit bin, zuzugeben, dass das bei mir auch gewirkt hätte. Nein, er sprach mit einem Einfühlungsvermögen und einem Sachverstand von Dingen, die andere bisher mit ihren Bemerkungen nur entweiht hatten. Und zwei oder drei Mal sprach er Worte aus, die mich dasitzen ließen, als ob ich das Kind wäre und nicht er.

Als er schließlich ging, hatten wir uns nicht berührt. Aber wir waren uns vielleicht noch näher gekommen als bei den früheren Küssen.

12

Und er kam wieder, und unsere ruhigen Plaude-
reien wurden uns zur lieben Gewohnheit. Mindes-
tens jeden zweiten Tag klopfte er an die Tür
meines Ateliers, wo ich mich nun fast immer auf-
hielt, obwohl – ich muss es gestehen – ich nicht
sehr viel arbeitete. Wir tranken Tee und plauderten. Und wenn wir uns berührten, dann war es
höchstens mit Blicken. Das war äußerst merkwürdig. Es war, als ob das Reden eine Barriere zwischen uns errichtet hätte. Es war, als ob Worte es
unmöglich machten, uns anzufassen. Sätze bildeten ein Gewebe zwischen ihm und mir, das uns
gleichzeitig verband und trennte und uns daran
hinderte, so über uns herzufallen wie zuvor im
Wald. Doch war in diesen Gesprächen manchmal
eine Nähe und Einigkeit, die an die früheren Ekstasen erinnerte. Ich begriff nicht, warum es diese
Trennung zwischen uns gab. Aber ich spürte ganz
deutlich, dass es so sein müsse. Und ich änderte
nichts daran.

Unsere Nachmittage waren wahre und tiefe Be-
gegnungen: Ich war betroffen davon, wie Gana die
Welt sah: Eigentlich hoffnungslos. Die Überrüs-
tung, die Umweltverschmutzung, das Nord-Süd-
Gefälle, alles war ihm schmerzhaft klar und er
glaubte nicht, dass sich die Probleme auf irgend
eine glückliche Art lösen ließen. Er rechnete, wenn
nicht mit dem Untergang des Planeten, so doch
mit dem Ende unserer westlichen Zivilisation. Und
bei all diesem Pessimismus war er doch lebenslus-
tig, neugierig und erwartungsfroh wie ein junger

Hund. Er interessierte sich brennend für Technik und Politik, er begeisterte sich für neue Computer und ereiferte sich über die UNO. Und ich studierte seine Hingabe und Lebendigkeit und genoss jeden Augenblick davon. Manchmal kam ich mir dabei wie ein Vampir vor, der vom Lebenssaft eines jungen Wesens saugt. Aber Gana sagte mir immer wieder, dass er es genösse, mit mir zusammen zu sein. Und damit hielten sich meine Gewissensbisse in Grenzen.

Ich beschränkte mich meistens aufs Nachfragen und Zuhören. Nur wenn wir über meine Arbeit sprachen, öffnete ich mich ein bisschen und sprach ebenfalls frei von der Leber weg. Wenn ich so zurückschaue, denke ich, dass ich damals auch nicht mehr über mich wusste und wissen durfte, als ich Gana zu zeigen bereit war. Ich hatte allerdings ein Bedürfnis, das mich umtrieb und unruhig machte. Ich hätte gerne gewusst, wie Gana zu mir steht. Was bedeutete ich ihm? Was gab ich ihm? Wie sah er mich?

Manchmal machte ich Andeutungen in dieser Richtung, so in der Art, wie merkwürdig es doch sei, dass wir uns so gut verstünden. Aber Gana blockte mich immer ab. Er fand das alles ganz selbstverständlich und verlor keine Gedanken über unsere seltsame Freundschaft. Manchmal aber schaute er mich quer über den Teetisch strahlend an, ohne ein Wort zu sagen, mit einem Gesicht voller Liebe und Güte, so dass ich fast vom Stuhl fiel vor Verlangen, ihn zu berühren. Aber ich beherrschte mich. Nur in den Träumen packte ich ihn und erlebte die Leidenschaft unserer früheren

Umarmungen und mehr. Aber wenn ich dann am Morgen in den Spiegel schaute und mein alterndes Gesicht sah, wusste ich, dass ich Unmögliches wollte.

Mein Gesicht. Eigentlich war ich mein ganzes Leben lang stolz darauf gewesen, denn ich weiß, dass ich durchaus hübsch war. Und nun diese leichte Verquollenheit um die Augen, die Schärfe zwischen Kinn und Nase, die kleine, hängende Verbitterung in den Mundwinkeln, die ich gar nicht als die meinige begreifen konnte. Das war nicht ich, die da aus dem Spiegel blickte. Das war nicht ich und doch war ich es. Ich sah mich altern und ich beobachtete jedes Detail mit grausamer Nüchternheit. Ich betrachtete mich mit den Augen Ganas. Oder ich glaubte es jedenfalls. Wie gerne wäre ich schön für ihn gewesen! Was hätte ich für den Glanz einer jungen Haut gegeben, für diese Ausstrahlung in goldenem Honigton, für dieses Zarte und Flauschige, das wie eine Aura um die Jugend schwebt! (Und das, ich weiß es, unwiderstehlich anziehend ist.) Ich beobachtete mich gnadenlos, meine Augen, die noch Ausdruck hatten, meine Haare, die noch Kraft ausstrahlten. Und ich sah, dass mein Körper sich verändert hatte und mir fremd geworden war. Ich verlor das Vertrauen, verführerisch zu sein. Aber was war ich noch, wenn ich nicht mehr verführen konnte? Ach, Loredana, das ist kein angenehmer Zustand!

Ich höre Dich sagen, was mir viele andere Frauen sagen: "Aber Du siehst doch noch gut aus; aber Du hast doch einen Mann, der Dich immer noch begehrt, und Freunde wie Reynolds, die um Dich werben." Aber ich behaupte, Loredana, die Männer begehren mich, wenn nicht aus Mitleid, dann nur noch aus Gewohnheit. Denn ich sehe doch, was mit ihnen geschieht, wenn eine junge Frau den Raum betritt. Wie sich etwas in ihnen strafft, wie etwas in ihnen munter und aufmerksam wird, wie etwas glänzend Lebendiges in ihnen erwacht. Aus schnurrenden, bequemen, büchsenfleischfressenden Katern werden plötzlich wieder gefährliche Jäger, die an ihren Urahn, das Raubtier erinnern. Ach Loredana, ich habe diese Verwandlung zu oft selber ausgelöst, um sie nicht zu erkennen. Und habe ich nicht mit Häme auf die Haut alternder Frauen geschaut, als ich selber noch strahlend jung war?

Nun tat ich Busse. Ich saß diesem jungen Mann gegenüber und fürchtete mich davor, dass er mich ansah. Und gleichzeitig fürchtete ich nichts mehr, als dass er mich nicht ansehen könnte. Mit anderen Worten: Ich war verwirrt, in mir gespalten, durcheinander. Es war entsetzlich. Und doch sehnte ich jeden dieser schwierigen Momente herbei.

Denn in den Stunden und Tagen, in denen ich Gana nicht sah, ging es mir noch schlimmer. Ich wusste nichts mit mir anzufangen, hatte keine Lust und keinen Antrieb, wartete, bis er käme und zermarterte mir das Gehirn mit fürchterlichen Gedanken. 'Er kann dich unmöglich ernst nehmen', sagte ich mir etwa. Und immer wieder: 'Ich bin verrückt, ich bin verrückt.' Und irgendwie stimmte das auch.

Ich war verrückt und außer mir vor Verliebtheit.
Und das in ein Kind! Oder wenigstens glaubte ich
das. Aber ich vergaß es immer wieder, wenn ich
ihm gegenüber saß und in seine ernsten, dunklen
Augen schaute. Sie hatten etwas Altes und sehr
Weises. Und sie bewirkten, dass ich mich klein vor
ihm fühlte.

So verging ein kalter Januar, und der Februar
kam und mit ihm bereits so etwas wie ein Früh-
lingswind. Gana und ich waren inzwischen anei-
nander gewöhnt wie zwei Geschwister. Unsere
Gespräche verliefen locker und angenehm, auch
wenn wir schwierige Themen behandelten, zum
Beispiel die ständige Abwesenheit seiner Mutter.
Oder die wachsende Armut in unserem Land. Und
dann kam dieser 17. Februar.
Es war ein Dienstag, und es musste so zwischen
vier und fünf gewesen sein, denn ich erinnere mich
noch daran, dass die untergehende Sonne schräg
ins Atelier schien und merkwürdige, verzogene
Schatten auf den Boden warf. Wir hatten über
Musik gesprochen. Gana hatte großes Verständnis
für klassische Musik von seiner Mutter her, hörte
aber auch sehr gerne und leidenschaftlich Pop. In
nächster Zeit sollte ein großes Konzert stattfinden,
und Gana versuchte, mich zu überreden, mit ihm
ins Stadion zu kommen. Aber selbstverständlich
weigerte ich mich. Er stand auf, um Musik aufzu-
legen. Er stöberte eine ganze Weile in den Kasset-
ten herum, während ich still wartend dasaß und
aus dem Fenster ins noch gelbe Gras blickte, das
durch die blasse Sonne noch gelber wirkte. Die

Zeder sah grau und verfroren aus, wie sie da so allein stand und die Nacht erwartete.

Pianoakkorde klangen auf. Chopin. Heftigkeit, Leidenschaft und Trauer. Ja, das schien in diesen Augenblick hinein zu passen. Ich vergaß Gana für eine Weile, schaute vor mich in diesen kommenden Frühling und wagte nicht, mich zu fragen, was er bringen würde. Ganz leer saß ich da. Bis ich Hände auf meinen Schultern fühlte. Gana stand hinter dem Sofa, so dass ich ihn nicht sehen konnte. Und nun fuhr er wie ein Masseur vom Hals her mit kräftigen Strichen über meine Schultern. Das fühlte sich gut an. Dann wanderten seine Hände zum Nacken zurück. Er bog mir sanft meinen Kopf zurück und küsste mich. Zuerst auf die Augen, langsam und sorgfältig. Und dann auf den Mund.

Ich hielt mich ganz still. Ich ließ es geschehen und rührte mich nicht. Als ob ich einen Vogel beobachten und ihn nicht verscheuchen wollte. Ich spürte den köstlichen, sanften Druck auf mir, seine wundervollen Lippen, weich wie eine aufbrechende Frucht zuerst, dann aber härter werdend, leidenschaftlich und bestimmend, zugreifend, zwingend, sehr männlich. Seine Naseberührte mein Kinn und seine Haare kitzelten mich am Hals. Und ich glaube, es waren diese Haare, der Geruch seiner Mähne, die mich plötzlich lebendig werden ließen. Ich packte ihn und zog ihn an mich, so wie ich es in Träumen und Gedanken immer und immer wieder getan hatte. Und dieser verrückte Junge robbte irgendwie über die Rückenlehne des Sofas und war plötzlich über mir.

Und in diesem Moment konnten wir uns nicht mehr widerstehen.

13

Ich musste fliehen, Loredana. Plötzlich hielt ich es nicht mehr aus. Mit jeder Zeile, die ich über Gana und mich niederschrieb, wuchs meine Sehnsucht nach der Vergangenheit und damit mein Bedürfnis, davon zu rennen. Vielleicht habe ich mir doch etwas viel zugemutet, als ich Dir versprach, meine Geschichte möglichst genau zu erzählen.

Mich hielt es jedenfalls nicht mehr in meinem Atelier. Und so fuhr ich am letzten Dienstag hinunter in die Stadt und ging ins erstbeste Reisebüro. Ich buchte, ohne mich genauer zu informieren, das Angebot, das sie als besonders günstig anpriesen. Es war Katmandu und weil es so ähnlich wie Xanadu klang, gefiel es mir. (Erinnerst Du Dich noch an den blonden Literaturdozenten und "In Xanadu did Kublai Khan a stately pleasuredome decree, where Alph, the sacred river run, trough caverns, measureless to man, down to a sunless sea."?)

Und nun sitze ich in diesem Hotelgarten, rund um mich stehen blühende Pflanzen in Blumentöpfen, und vor mir lächelt ein weißgestrichener Buddha sanft in den sonnigen Nachmittag. Die Wedel der Palme über mir rascheln wie Papier. Und in den Bananenbäumen gurren Tauben so laut, dass sie den Verkehrslärm übertönen, der von der Straße her in diese Idylle eindringt.

Noch nie war ich so weit von zuhause entfernt!

Charles hat nicht schlecht gestaunt über meine plötzliche Unternehmungslust. Normalerweise weigere ich mich ja so gut es geht, das Haus und mein Atelier zu verlassen. Nun müssen sie eben sehen, wie sie allein zurechtkommen, die Bilder und die Pflanzen, der Hund und der Mann! Und ich, wie komme ich zurecht in dieser fremden Stadt, in dieser anderen Welt, die mit einer Lawine von Farbe und Gerüchen über mich hergefallen ist? Was suche ich hier in diesem Gewimmel, wenn nicht mich? Mich, damals mit Gana, mich, heute ohne Gana.

Er fiel über mich her wie ein Tiger und riss mir und sich die Kleider vom Leib. Dann drückte er seinen schönen Körper an mich, mit einer Heftigkeit, als ob er sich im Nichts verloren hätte und sich in mir wiederfinden müsste. Ich berührte seine Haut und meine Fingerspitzen gingen in Feuer auf. Ich strich über seinen Brustkorb, der eckig war wie die Oberkörper der Jünglinge, die sie in archaischen Zeiten in Griechenland oder Ägypten aus dem Stein gehauen haben: Schlanke Knaben und Pharaonensöhne! Und ich liebte diesen Körper, mein Gott, wie liebte ich diesen Mann oder dieses Kind. Ich hielt ihn in meinen Armen und war stark wie eine Mutter. Und doch verging ich gleichzeitig vor Schwäche und Sehnsucht nach ihm. Ich wollte ihn halten, immer nur so in meinen Armen halten. Doch er entzog sich mir. Er kniete vor mich hin und fing an, mit seinen Fingern über meinen Körper zu spazieren. Er berührte mich sanft, doch dann verstärkte er plötzlich seinen Druck, manchmal bis zur Schmerzgrenze. Dann wurden seine Fingerkuppen wieder sanft wie Federn. An manchen Stellen hielt er inne und bearbeitete sie, bis ich glaubte, es nicht mehr aushalten zu können. Und dann hüpften seine Fingerspitzen wieder davon, kitzelnd fast, als ob nichts gewesen wäre. So schien es Ewigkeiten zu gehen, in denen ich starb und lebte und starb und lebte und starb. Und sein Gesicht war so konzentriert und ernst dabei, dass mir die Tränen in die Augen stiegen und ruhig herausflossen, wie bei einem Stausee, der seinen Inhalt nicht mehr fassen kann. Gana berührte mich in jenem Augenblick so, wie ich immer hätte berührt werden wollen. Und ich wünschte, dass er nie aufhören sollte. Als er endlich vom Spielen genug hatte und in mich eindrang, schluchzte ich vor Erleichterung auf. Es war, als ob ich mein ganzes Leben auf nichts als auf diesen Moment gewartet hätte. Und die Ekstase war vollkommen.

Woher nahm Gana nur sein Wissen und seine Geschicklichkeit? Wieso wusste er, und nur er, was mein Körper brauchte und wollte? Wie kam es, dass dieser Siebzehnjährige – oder war er inzwischen achtzehn? – mich besser kannte als ich mich selber? Dass er mit mir spielen konnte, wie mit Wasser, das widerstandslos durch seine Hände glitt? Und woher hatte er die Reife, dies nicht zu missbrauchen?

Ich frage ihn einmal: "Hast Du vor mir schon Frauen gehabt?" und er antwortete: "Nicht viele". Aber sonst sagte er nichts über seine Erfahrungen. Und ich fragte nicht weiter nach.

*

Ich ging hinunter in die Stadt. In den Straßen herrscht ein wirres Gedränge von zerlumpten und schönen Gestalten in den seltsamsten Gewändern. Aber man kann nicht einfach nur verwundert oder bewundernd hinsehen, denn es gibt tiefe Löcher in der Straße, in denen man sich den Fuß verknackst, wenn man nicht aufpasst. Und offensichtlich passen alle auf, denn selbst wenn ein Hund inmitten des Getriebes selig zusammengerollt schläft, tritt erstaunlicherweise keiner auf ihn. Jeder konzentriert sich auf seine Schritte, guckt für sich, mit Ausnahme der Bettler und Verkäufer, die es natürlich auf mich abgesehen hatten: Ununterbrochen wollte einer von ihnen etwas von mir haben oder mir etwas verkaufen: Flöten, Armbänder, Rauschgift. "Madam, change money?", tönte es alle paar Schritte. Und ob du es willst oder nicht, du lernst ganz schnell, wegzusehen. Am Anfang blickst du diesen Menschen in die Augen und lächelst sie an, aber schon bald senkst du den Blick, wenn man dich anspricht, und sagst "nein danke" ins Leere. Dann wird auch das zu viel und du behandelst die Leute wie Luft.

Selbstverständlich schäme ich mich deswegen. Aber es ist einfach zu viel. Und so genieße ich jetzt die Ruhe in meinem Zimmer: Keiner da, der etwas von mir will!

Das also ist Asien. Diese vielen Leute mit den leuchtenden, braunen Augen, in die man besser nicht sieht. Diese gebeugten Träger mit schweren Lasten am Stirnband, diese kleinen Kinder mit

noch kleineren Kindern auf den Armen, die begü-
terten Damen in farbigen Saris und die Armen in
braunen Lumpen. Und dazwischen weißgekleidete
Jünglinge mit weißen Schuhen, ohne eine Staub-
spur auf sich, wo hier doch alles voller Staub ist,
wo Sand und Dreck in kratzenden Wolken aufge-
wirbelt wird, wenn ein Auto oder ein Landrover
vorbeifährt!

Die Schaufenster, voll von seltsamen Waren,
sind jedenfalls dick mit Staub bepudert. Und auch
mir hängt er schon in der Kehle und lässt mich
hüsteln wie die Einheimischen, die sich dazu noch
räuspern und ungeniert spucken.

In der schmalen Basarstraße öffnen sich die kleinen Läden wie dunkle Höhlen. Es sieht so aus, als
ob die Ladenbesitzer in ihren Geschäften wohnen
würden, denn manche sitzen auf riesigen Betten, in
denen nachts wahrscheinlich die halbe Familie
schläft. Sie rauchen, telefonieren und lassen sich
aus dem nächsten Teeshop Gläser mit dem süßen
Milchtee herbeitragen. Ein Strom von Menschen
drängt sich an ihnen vorbei, potentielle Kunden
und gleichzeitig buntes, unterhaltendes Anschau-
ungsmaterial.

Ein junger Mann – warum schon wieder ein junger Mann? – winkte mich in seinen Schmuckladen.
"Kommen Sie einfach gucken, Madam, kommen
Sie, Sie müssen nichts kaufen!" Ich zögerte zwar,
ließ mich aber doch überreden. Er bot mir einen
Holzschemel an und schickte jemanden um Tee.
Ich saß vor seinem Ladentisch und kostete vorsichtig und zum ersten Mal den klebrigen, nahrhaf-
ten nepalischen Schwarztee, nach dem ich danach

fast süchtig wurde. Inzwischen erklärte mir der junge Schmuckhändler, dass er sein Englisch üben und überhaupt davon profitieren wolle, mit Leuten zu sprechen, die die Welt kennen. Er erzählte mir, dass sein Vater eine Edelsteinschleiferei besitze und holte schließlich aus einer Schublade unter dem Ladentisch samtbezogene Tablare mit unglaublich schönen Steinen hervor, Rubine, Opale und Sternsaphire. Und Mondsteine, so leuchtend, wie ich sie zuvor noch niemals gesehen habe. Ihr überirdisches Blau strahlte so hell und tief, dass mir ganz seltsam wurde vor Sehnsucht nach Sommer, nach Licht, nach etwas, das gleichzeitig bekannt und unbekannt ist. Der junge Mann erklärte und kommentierte die einzelnen Stücke und sprach davon, wie ungewiss der Handel mit Edelsteinen sei. Manchmal enttäuschen die vielversprechendsten Steine den Schleifer, manchmal zeige sich aber auch unerwartet eine unvergleichliche Qualität.

So tauschten wir Worte und schließlich unsere Adressen aus und verließen uns in Freundschaft und Wohlgefallen. Mein erstes Abenteuer in Katmandu war bestanden!

Und nun sitze ich schreibend in meinem kleinen Hotelzimmer und höre durchs offene Fenster die Hunde bellen. Offensichtlich sind sie nun alle wach und bellen alle zusammen. Es ist eine Geräuschkulisse, die wie ozeanisches Rauschen tönt, so umfassend, ununterbrochen und weitreichend ist das Gekläffe. Vor meinem Fenster schwankt eine Palme im Mondlicht. Und auf der Fassade des

Hauses gegenüber stecken Dutzende von Tauben in den reichlich vorhandenen Stuckaturen und Schnitzereien. Sie schlafen, indem sie die Köpfe in die Nischen drücken und die Schwänze hinaus auf die Straße strecken.

Es ist herrlich und merkwürdig hier zu sein!

14

Ich war gestern schon bald ins Bett gefallen und so wachte ich heute morgen zeitig auf. Ich beschloss, gleich einen Spaziergang in die Stadt zu machen.

Die Straßen waren bereits ziemlich belebt. In eine vom Dunst oder Rauch leicht verschleierte Luft schien schräg die Morgensonne und zeichnete Streifen von Licht, die wie segnende Berührungen auf Dächer, Pagodenspitzen und Plätze fielen. Alles wirkte zart und unwirklich.

Ich spazierte durch eine noch schattige Gasse, als ich in einer Seitenstraße im Schlitz zwischen den dunklen Häusern einen weißen Stupa aufblitzen sah. Er stand bereits voll im Sonnenlicht und leuchtete gleißend hell. Seine vergoldete Spitze funkelte und blendete fast. Wie magisch angezogen, bog ich in die Gasse ein und ging auf den Stupa zu.

Ein ziemlich weiter Platz öffnete sich, in dessen Zentrum das weiße, kuppelförmige Heiligtum strahlte. Darum herum gab es graue Stupas in verschiedenen Größen und Formen, eine mächtige Glocke, ein paar Bildwerke und eine ganze Reihe von kniehohen Stupas, die sich wie eine Schafherde zu Füssen des großen Stupa zusammendrängten. Manche von ihnen waren von rotem Pulver verfärbt, und auch die Reliefs mit den Götterbildern, die den Sockel des zentralen Stupa zierten, waren rot bepudert.

Ich blieb im Schatten der Gasse stehen und beobachtete, wie die Leute kamen und ihre Morgenandacht verrichteten. Wohlgenährte Damen in bunten Seidensaris trugen als Opfergabe Teller voller Reiskörner, in deren Mitte eine Kanne mit Wasser stand. Dicke Kamelienblüten lagen daneben. Die Teller der ärmeren Frauen wirkten bescheiden dagegen. Sie brachten den Göttern nur eine knappe Handvoll Reis und gelegentlich noch zwei oder drei gelbe Tagetesblümchen, während die ganz Armen nichts anzubieten hatten als ihre trockenen, gefalteten Hände. Die Leute, die sich kannten, begrüßten sich, wechselten ein paar Worte, nickten sich zu.

Gemessenen Schrittes gingen sie dann zu den verschiedenen Schreinen, Skulpturen und Stupas und streuten da ein paar Reiskörner, dort eine Blüte, indem sie sich leicht verneigten. Über gewisse Altäre gossen sie etwas von der Flüssigkeit aus ihren Kännchen. Sie wirkten bei diesen Opferungen zwar konzentriert, aber nicht besonders fromm. Alles wirkte lieblich und leicht. Nur eine Tibeterin mit schmal gestreifter, bunter Schürze ging mit festem Schritt und in tiefer Versenkung, ein Mantra murmelnd, in einem weiten Kreis um den Stupa, immer wieder und wieder, mit einer Inbrunst, die einen Kreis in die Luft zu zeichnen schien.

Schwärme von Tauben kamen herbeigeflogen und pickten den geopferten Reis von den heiligen Stätten. Eine schmutzige Ente watschelte zwischen den Gläubigen herum und schnabelte hier und dort nach undefinierbaren Brocken. Ein eben so schmutziger Hund zeigte ein gefährliches Interesse an ihr und wurde von ein paar Leuten daran gehindert, dem Federvieh all zu nahe zu kommen. Kinder zappelten und turnten unmittelbar neben den opfernden Frauen, unter ihnen auch kleine buddhistische Mönchlein im roten Gewand. Gebet und Spiel mischten sich. Männer waren auch da, aber sie kamen nicht mit Tellern voller Gaben wie die Frauen. Einer trug eine indische Rose hinter dem Ohr und legte sie vor einem Götterbild nieder. Alles war sehr lebendig und friedlich und schön.

Schließlich riss ich mich von meinen Beobachtungen los und folgte meinem Weg zum Zentrum. Fast überall, wo sich die Straßen und Gassen kreuzten, gab es Stupas und Schreine. Und immer verrichteten die Gläubigen ihre Andacht davor, während in ihrem Rücken Marktstände aufgebaut wurden oder Gruppen von Männern irgendwelche geheimnisvollen Dinge intensiv besprachen. Sie hatten gegen die Morgenkühle Halstücher umgeschlungen und zündeten Zigaretten an oder zertraten Stummel am Boden. Die Hunde waren um diese Zeit noch wach und schlängelten sich zwischen den Beinen der Leute, auf der Suche nach etwas Essbarem. Auch Hühner pickten emsig auf den Plätzen und in der Nähe der Tempel. Und am Flussufer wühlten Schweine im Abfall nach Resten. So war das Erhabene überall ganz nahe beim Profanen und nährte dieses. Und das gefiel mir sehr.

In einem kleinen Teehaus setzte ich mich in den Garten und trank zum Frühstück süßen Milchtee. Der Toast, den ich dazu bestellt hatte, glänzte von der Butter, die bereits geschmolzen und in der Krume versickert war. Das Brot schmeckte seltsam nach Mehl und Mehlsack. Die geschwungenen Dächer der Pagoden, die weichgefiltert aus dem milchigen Morgenlicht heraustraten, wirkten wie eine Opernkulisse. Aber es war real: Ich war in Katmandu und frühstückte!

*

"Ich liebe Deinen Körper", sagte Gana eines Tages zu mir. Es war einer dieser wundervollen Nachmittage, die wir zusammen im Bett verbrachten, uns liebend und plaudernd und uns liebend. Er lag auf meinem Bauch, und ich hatte ein Büschel seiner Haare in den Händen und strich mir damit über meine Brüste und genoss dieses sanfte Streicheln. Ich blieb zuerst stumm, aber irgendwie spürte ich, dass Gana auf eine Antwort wartete, auf eine Regung von mir. Oder dass er ganz einfach meine Stimme hören wollte, weil er sein Gesicht abgewandt hatte und meines nicht sehen konnte. Es dauerte eine Weile, bis ich antworten konnte:

"Ach weißt Du, ich fühle mich so alt."

Gana beschwichtigte mich nicht. "Ja", sagte er einfach. "Aber warum sagst Du das?"

Ich ließ seine Haare los und fing an, seinen Kopf zu streicheln. "Ich wäre so gerne jünger und schöner für Dich."

Gana schwieg eine Weile. Dann sagte er, sehr sachlich: "Du bist schön genug für mich." Und nach einer Weile: "Wenn ich eine Schönere wollte, würde ich zu einer Schöneren gehen. Oder zweifelst Du daran?" Er gluckste vor Lachen. Dann biss er mich sanft in den Bauch. Und ich zweifelte nicht daran.

Ein anderes Mal eröffnete ich das Gespräch: "Sag mal, Gana. Fehlt Dir eigentlich Deine Mutter nicht?"

Er blieb eine ganze Weile still, als ob er überlegte. Dann sagte er: "Früher schon, früher sehr. Aber dann hat mir mein Vater erklärt, dass es wichtig ist, dass jeder Mensch das aus sich machen kann, was er gerne sein möchte. Und ich habe verstanden, dass es weder gut für uns noch für meine Mutter gewesen wäre, wenn wir sie zurückgehalten hätten.

Übrigens...", er sagte das in einem Ton, als ob er sie verteidigen müsste: "...als wir klein waren, blieb sie mit uns, viele Jahre lang. Aber dann kam die Zeit, wo sie gehen musste. Und weißt Du", er lächelte, "es hat natürlich auch Vorteile. Wir haben unsere Freiheit."

Tatsächlich, Gana lebte in einer Familie, in der die Freiheit von allen respektiert wurde. Alles, was die Söhne mit dem Vater unternahmen, taten sie ohne Druck. Und vieles taten sie für sich und allein. So konnte Bertrand ungestört seinen Weg als Financier machen. Und Gana kam ungehindert zu mir. Denn unser Verhältnis war vor seinen Brüdern und damit auch vor seinem Vater nicht geheim zu halten. Aber niemand nahm Anstoß. Niemand mischte sich ein. Es war eine Angelegenheit unter selbstverantwortlichen Erwachsenen. Und dass ich mich Charles gegenüber mies verhielt, das war mein Problem. Natürlich wusste ich, dass ich es irgend einmal würde lösen müssen. Aber da ich keine Ahnung hatte, wie, verschob ich alles auf später. Und abgesehen davon: Charles war fast nie zuhause, immer unterwegs in Geschäften, die ihn und Reynolds reicher und reicher machten.

So vergingen Monate. Eines Tages, es war vor den großen Sommerferien, fragte mich Gana: "Was tust Du, wenn Du allein bist?"

"Wie meinst Du das?" fragte ich zurück.

"Ich nehme an, dass Du mich liebst, obwohl Du es mir nie gesagt hast."

Ich zog scharf Luft ein und wollte ihm ins Wort fallen, aber er sprach unbeirrt weiter: "Ich weiß, dass Du das aus Rücksicht auf mich nie gesagt hast und vielleicht war das ja auch richtig. Darum frage ich: Was machst Du, wenn Du allein bist?"

Gana hatte genau das gesagt, was ich hatte einwenden wollen. Darum war ich bereit, direkt auf seine Frage einzugehen. Ich überlegte mir einen Moment und flüsterte - und ich fürchte, es klang ein bisschen dramatisch: "Ich werde Sehnsucht nach Dir haben und auf Dich warten."

"Das ist falsch", sagte er streng. "Eine starke Frau muss selbständig sein."

Ich verstand nicht, worauf er hinauswollte. Doch

er legte seine Finger auf meinen Schamhügel und befahl: "Beweg Dich!" Und dann drückte er leicht und versuchte, mein Becken nach oben zu schieben. "Atme, atme ein!" Seine Stimme war sanft und schmeichelnd und seine Hand zog mein Becken wieder nach unten. "Atme, atme tief aus."

Ich gehorchte ihm aufs Wort, fasziniert von dem, was sich abspielte. Und so brachte er langsam meinen Unterkörper in eine sanfte Schaukelbewegung, die meinem Atem folgte. Dann hielt er plötzlich seine Hand still, verstärkte den Druck seiner Finger ein wenig und flüsterte, mich mit hypnotischen Augen zwingend: "Fahre weiter, bewege Dich, atme!"

Und ich gehorchte und urplötzlich war ich in Ekstase und die Wogen eines wunderbaren Orgasmus schlugen über mir zusammen.

Als ich die Augen wieder öffnete, strahlte mich Gana an. "Das war großartig", flüsterte er. "Nun gleich nochmals, aber diesmal allein." Und er legte mir meine Hand auf mein Geschlecht.

Ich blickte in seine Augen und sah wieder den Blick dieses ernsten und gütigen Arztes, der mich mit Interesse und Sorge beobachtete. Und ich vertraute ihm und ergab mich ihm und fing zu atmen an. Ich hob mein Becken beim Einatmen und senkte es beim Ausatmen. Meine Finger folgten der Bewegung. Und tatsächlich, mein Körper antwortete mir, erstaunlich schnell, erstaunlich heftig.

"Wo hast Du das gelernt?" keuchte ich, als ich mich langsam wieder fand. Und er sagte einfach: "Das habe ich geträumt. Ich träume alles, was ich wissen muss. Und für einmal habe ich für Dich

geträumt." Und ich nahm diese Antwort als selbstverständlich hin, denn es bestätigte mein Gefühl,
dass dieser Junge kein gewöhnlicher Sterblicher
war.

So lernte ich dank Ganas Traum meinen Körper
kennen, seine Weichheiten und Härten, seine
Winkel und Ritzen. Und ich verstand, wie eine
Frau einem Mann Lust gibt und wie sie sich selber
beschenken kann.

15

"Der große Gott Shiva hatte sich zur Meditation
zurückgezogen. Zwölf Jahre lang wollte er von
dieser Welt fern bleiben und seinen Geist in anderen Sphären reisen lassen. Diese Geschichte spielt
eine Stunde vor seiner Rückkehr nach dieser
zwölfjährigen Abwesenheit. Seine schöne und
starke Gattin Parvati war gerade dabei, ein Bad zu
nehmen. Genussvoll rieb sie sich Arme, Beine und
Leib, und dabei lösten sich kleine Hautfetzen und
Krümel. Sie formte spielerisch einen kleinen
Klumpen daraus, hauchte, ohne viel zu denken,
darauf und es entstand ein wunderschöner zwölf-
jähriger Junge. Er stand vor ihr und lachte sie
strahlend an. Parvati war entzückt. Aber weil sie
gerade noch im Bad saß, schickte sie den Jüngling
hinaus und gab ihm den Auftrag, die Haustüre zu
bewachen, bis sie fertig sei. Sie befahl ihm, niemanden hereinzulassen.

Nun hatte aber Shiva seine Meditation beendet
und kehrte nach zwölf Jahren in sein Haus zurück.

Er erklärte dem Jüngling, der ihm den Eintritt verwehrte, freundlich, dass er hier wohne. Ganesha, denn dieser Jüngling war Ganesha, ging seine Mutter fragen. Diese erlaubte sich einen Scherz und befahl, Shiva nicht ins Haus zu lassen.

Shiva wurde wütend. Wer will es ihm verdenken? Beschimpfungen und Handgreiflichkeiten folgten. Doch so klein dieser Junge auch im Vergleich zu Shiva war: Der Mann konnte den Jüngling nicht überwältigen, denn Ganesha war ja Shivas Ebenbild und hatte alle Eigenschaften des großen Asketen. Shiva kämpfte also gegen sich selbst und je heftiger der Kampf tobte, desto klarer wurde, dass er ihn nicht gewinnen konnte. Und seine Wut wuchs ins Grenzenlose.

Er beschloss, seine anderen Aspekte zu Hilfe zu holen. Denn Shiva ist Teil einer Dreiheit aus Brahma, dem Erschaffer, Vishnu, dem Erhalter und Shiva, dem Zerstörer. Diese Dreiheit ist die höchste Macht, die allein die Kraft hatte, Ganesha zu besiegen. Und so stieß Shiva mit dem Dreizack in Ganeshas Hals. Ganesha ging zu Boden. Und Brahma und Vishnu, erlaubten Shiva, Ganesha zu zerstören.

Ganesha war tot. Da stürzte Parvati aus dem Haus. "Du bist verrückt", schrie sie, "Du bist vollständig verrückt! Du hast Deinen Sohn umgebracht und damit Dich selber." Und dann wendete sie sich fauchend gegen Brahma und Vishnu und schrie: "Ich verlange, dass ihr meinen Sohn wieder lebendig macht!"

Nun erkannten die drei Großen, dass sie einen Fehler begangen hatten. Sie mussten Ganesha wieder zum Leben erwecken. Damit dies aber möglich war, brauchten sie vor Sonnenaufgang einen neuen Kopf. Alle Götter und ihre Hilfskräfte machten sich auf die Suche. Aber die Zeit rannte ihnen davon und am Schluss konnten sie nichts als einen Elefantenkopf auftreiben.

Ganesha wurde wiederbelebt. Doch der wunderschöne Jüngling hatte nun einen Rüssel und riesige Ohren. Parvati wütete und tobte fürchterlich. Sie verlangte Wiedergutmachung.

Offensichtlich fürchteten die Götter Parvatis Zorn. Nach langer Beratung beschlossen sie, Ganesha einen ganz besonderen Ehrenplatz zu geben: Ganesha wurde vor alle andern Götter gestellt. Der einzige Zugang zu göttlichem Gehör führt seitdem über seine Elefantenohren. Darum wurde aus ihm unser Glücksgott."

Das ist die Geschichte von Ganesha, wie sie mir Dilip erzählte. Ich werde Dir gleich berichten, wie ich ihn kennenlernte. Zuerst aber möchte ich Dir erklären, was für Gedanken diese Geschichte in mir auslöst:

Du hast Dich vielleicht schon gefragt, wie meine Gefühle für Gana sich in den mehr als zwei Jahren, in denen wir zusammen waren, entwickelt und verändert haben. Am Anfang gab es ja diesen lähmenden, hypnotischen Zustand, der mich immer befiel, wenn Gana sich mir näherte. Gleichzeitig war da immer auch der dringende Wunsch, davonzurennen, vor allem zu fliehen. Aber es gab auch das Wissen, dass es kein Ausweichen gab, dass alles so war, wie es sein musste. Alles schien richtig.

Als wir anfingen, miteinander zu schlafen, ging der Druck von mir weg. Das Gefühl der Richtigkeit blieb, aber das Erschreckende, Hypnotische, verschwand aus meinem Leben. Eine goldene Ruhe breitete sich in mir aus, wann immer Gana bei mir war. Wir waren wie ins Spiel vertiefte Kinder, zufrieden und fraglos glücklich. Gleichzeitig war ein tiefer Ernst zwischen uns: absolute Verbundenheit, absolute Furchtlosigkeit.

In diesen Momenten waren wir alterslos. Oft erschien mir dann Gana als ein alter, weiser Mann. Ein Glanz schien von ihm auszugehen, der aus einer anderen Dimension kam und der uns gemeinsam in jene Dimension hochhob. Jeder sah sich, indem er den andern betrachtete. Und jeder sah reines Gold. Und wir spürten, dass in diesem Gold unser Zentrum lag, dass sein Kern und mein Kern in diesem Zentrum verschmolzen. Nein, das ist falsch ausgedrückt. Wir fühlten, dass es nur dieses Zentrum gab und dass sein Kern und mein Kern immer schon dieses Zentrum gewesen waren und es immer sein würden. Es genügte, die Dunkelheit des Vergessens zu verscheuchen und sich zu erinnern.

Aber das gelang natürlich nicht immer. Es gab profane Momente, wo Gana sich ärgerte, dass seine Baseball-Mannschaft verloren hatte. Oder wenn er über irgend eine Ungerechtigkeit an seiner Schule wütend war. Dann konnte er fast kindisch werden, böse und unversöhnlich. Und ich sah, dass er ein Mensch war, der so fürchterlich sein kann, wie nur Menschen sein können. Aber es beeindruckte mich wenig. Gana war aus seinem

Zentrum gefallen und würde auch wieder dahin zurückkehren. Und dort würden wir uns wieder finden können.

Aber auch ich verlor gelegentlich mein Gleichgewicht und quälte mich. Da war mein Gefühl, zu alt für ihn zu sein, von dem ich Dir schon gesprochen habe. Und dann kamen auch immer wieder Zeiten, wo ich ihn besitzen wollte, wo ich ihn für mich ganz allein haben wollte vor Gott und vor der Welt. Und ich zerbrach fast daran, dass uns die Verhältnisse und unser Alter daran hinderten. Bis ich mir dann wieder eingestand, dass diese Hinderungsgründe nicht äußerlicher Natur waren, sondern dass ich wusste, dass Gana seinen eigenen Weg gehen müsse und keine Fesseln ertragen würde.

So wechselten unsere psychischen Zustände. Mal waren wir glücklich und mal nervös, mal ausgelassen und mal ernst. Mal war er mein väterlicher Freund und Therapeut, mal war ich seine schützende Mutter. Die Rollen und die Situationen veränderten sich, aber wir hörten nicht auf, uns zu treffen und miteinander zu schlafen. Zwei bis drei Mal pro Woche waren wir zusammen, außer in der Ferienzeit. Manchmal blieb Gana auch weg, weil er zu einem Match gehen wollte oder sonst etwas vorhatte. Andere Frauen schien es in seinem Leben nicht zu geben.

"Hast Du nicht manchmal Lust, mit einem Mädchen Deines Alters zusammen zu sein?", hatte ich einmal gefragt. Aber Gana hatte die Schultern gezuckt und gesagt: "Im Moment eigentlich nicht."

Sonst sprachen wir kaum über unsere Beziehung.

Es sollte alles offen und frei bleiben. Und tatsächlich gelang es uns einigermaßen, uns gegenseitig nicht einzuengen.

Mit meiner Arbeit ging es glänzend voran. Ich hatte Energie für zwei und arbeitete unermüdlich von früh bis spät. Und plötzlich verkauften sich meine Bilder, dass es eine Freude war. Vielleicht spürten die Leute meinen Elan, vielleicht sprach etwas von meinem Glück zu ihnen. Oder vielleicht ist es einfach so, dass ein Glück das andere nach sich zieht?

Wie dem auch sei, es war eine herrliche Zeit. Und entsprechend tief war mein Absturz, als sie endete.

16

Auf diese gute Epoche folgte eine noch bessere: Ich war glücklich, einfach nur glücklich. Irgend einmal war der Moment gekommen, wo ich mich nicht mehr fragte, was Gana wohl von mir denken mochte, weil ich einfach wusste, dass es nichts Schlechtes war. Und endlich war es mir auch gelungen, mich mit meinem Körper zu versöhnen, mir die grauen Schatten in den Winkeln, die Falten in der Haut und die schlaffen Stellen im Fleisch zu verzeihen. Und erst als ich mich selber endlich so angenommen hatte, wie ich war, konnte ich Ganas göttlich schönen Körper wirklich genießen. Wie liebte ich seine festen Handgelenke, wie gerne streichelte ich seine schlanken Füße. Wie köstlich war es, seinen elastischen Po durch seine Jeans hindurch zu kneten oder an der Härte seiner Schenkel herumzutasten. Ich schwelgte in der Glätte seiner Haut, wanderte mit den Lippen darüber, saugte da und knabberte hier und verlor mich im zimtig-pfeffrigen Geruch, der aus den Haaren seines Geschlechts aufstieg und sich wie ein Echo in seiner Lockenmähne wiederfand.

In jener Zeit gab es nichts als Harmonie zwischen uns. Ich hatte es aufgegeben, mir zu wünschen, mein Leben mit Gana zu teilen, und auch für ihn schien selbstverständlich, dass das Leben uns nicht mehr als unsere schönen Stunden zugestand. Unsere Welten waren nicht zu vereinen. Und so versuchte Gana nicht mehr, mich an seine Baseball-Spiele zu schleppen, und ich verzichtete auf das Planen von kleinen Ausflügen und intimen Abendessen. Wir konzentrierten uns auf unser Zusammensein. Und dieses war vollkommen.

An einem solchen Nachmittag war es. Wir hatten uns eben geliebt. Manchmal war unsere Liebe sanft wie ein Waldteich im Mondlicht, über den ein weißer Schwan tonlos gleitet, manchmal ging sie wie ein Gewitter durch uns hindurch oder überrollte uns wie ein Bergsturz. Das große Geheimnis dabei war, dass, jedenfalls für mich, immer alles vollkommen stimmte: Jede Bewegung Ganas war immer die, nach der mein Körper gerade verlangte. Nie verletzte mich Gana durch zu viel Ungestüm, nie langweilte er mich durch zu große Sanftheit. Unsere Ekstasen waren Tänze perfekter Übereinstimmung. Und so war es auch an diesem

Tag gewesen, heftig und ungestüm und von absoluter Schönheit. Und nun lag Ganas Kopf auf meiner Brust und ließ sich von meinem Atem wiegen, während ich zufrieden und geistesabwesend mit meinen Fingern seine Locken drehte. Eine Amsel begann vor dem Fenster ihr Lied zu proben.

"In zwei Monaten ist die Schule fertig, Du weißt es, Helen?"

Das war mehr eine Feststellung als eine Frage.

"Mein Vater hat mir angeboten, mir ein Jahr Frankreich zu bezahlen, und ich habe es angenommen."

Mir fuhr zunächst nur ein einziger, böser Gedanke durchs Gehirn: 'Verdammter Emile, verdammter Emile Poghuys, nun nimmst Du ihn mir doch weg.'

Ganas sanfte Stimme fuhr dazwischen: "Atme," befahl er, "atme, hör nicht auf zu atmen." Und dann setzte er sich auf und legte meinen Kopf an seine Brust.

Wie gerne wäre ich in diesem Moment stark und beherrscht gewesen, aber ich weinte einfach wie ein Kind. Ruhig, ohne große Schluchzer, strömten mir die Tränen aus den Augen und als sie Ganas Brust benetzten, leckte und küsste ich sie wieder weg. Ich liebte seine Haut so sehr und ich konnte mir nicht vorstellen, wie ich ohne sie überleben sollte.

Gana streichelte mich still und hielt mich fest. Vielleicht war er in diesem Moment, wo er von mir ging, näher bei mir, als er es je zuvor gewesen war und ich spürte es und war sogar fähig, es zu genießen. Ich spürte seinen Willen und seine Stärke und liebte ihn um so mehr dafür. Ich liebte alles an ihm, selbst, dass er ging, wenn er gehen musste. Unsere Beziehung ertrug keine Kompromisse, das hatte ich in den vergangenen zwei Jahren gelernt.

So saßen wir lange, länger als sonst. Meine Tränen waren versiegt. Wir hielten uns einfach, spürten unsere Körper und ließen unsere Zellen sich umarmen und sich verabschieden. Jede Sekunde war nun kostbar und wir ließen sie in voller Länge bewusst verstreichen. Draußen setzte langsam die Dämmerung ein und im Zimmer hatten sich bereits dunkle, neblige Schatten eingenistet. Endlich bewegte sich Gana und sagte ganz ruhig und fest: "Ich weiß nicht, was sein wird, aber ich weiß, was war. Und ich werde Dich immer dafür lieben."
Wieder wäre ich gerne stark gewesen und wieder weinte ich: "Ich liebe Dich so sehr", schluchzte ich, "aber ich weiß, dass Du gehen musst." Ach, ich hätte nicht weinen wollen. Wie Ingrid Bergman in Casablanca hätte ich es gerne bei einem langen, verschleierten Blick bewenden lassen. Aber das Entsetzen, diesen Körper, diese Wärme, diese Festigkeit, diese Glätte nicht mehr berühren zu können, war zu groß. Die Herrlichkeit ging von mir fort. Und keiner wusste, welche Gefahren im Raum und in der Zeit verborgen waren und sie bedrohten. Die Panik wollte mich überrollen. Aber ich besann mich auf meinen Atem und atmete tief und regelmäßig durch. Gana fing an, mich im Rhythmus meiner Atemzüge zu wiegen und nach einer Weile lachten wir.

"Du bist ein großartiger Yoga-Lehrer", spottete ich. Aber bevor ich sonst noch etwas sagen konnte, verschloss mir Gana den Mund mit seinem.

*

Vorgestern war ich all die Treppen zum ehrwürdigen Tempel von Swayambhunath hinaufgeklettert. Ich hatte mich dabei vor den Affen gefürchtet, die auf den Bäumen und zwischen den Götterstatuen, den Stupen und Manisteinen, den in Felsbrocken gehauenen Gebeten und Anrufungen, herumturnten, aber zum Glück hatte sich mir keines dieser herumflitzenden Wesen genähert und keines hat mich neugierig beobachtet oder mir gar seine gelben, gefletschten Zähne gezeigt.

Dreihundertfünfundsechzig steile Stufen, so viele wie das Jahr Tage hat, führen auf den heiligen Berg mit dem großen, weißen Stupa, dessen goldene Spitze über dir leuchtet und dir den Weg weist. Und Buddhas Augen, in allen vier Himmelsrichtungen auf dem Turm aufgemalt, beobachten dein Kommen. Dieses älteste Heiligtum des Katmandutals soll im goldenen Zeitalter entstanden sein, als der große Lichtgott Swayambhu im See, der damals das Katmandutal füllte, auf einer weißen Lotosblume als leuchtende Flamme erschien.

Swayambhus Lotos wurzelte unten im Tal, in Guhyeshvari, wo heute das verschlossene Heiligtum liegt, das Sati/Parvati geweiht ist. Als Shiva nämlich, entsetzt über den Tod seiner Gefährtin, in einer nicht enden wollenden Depression halb irre vor Schmerz mit ihrem Leichnam durch die

Lande zog, und über seiner Trauer die Ernten verdorrten und über seiner Wut die Berge verbrannten, sannen Brahma und Vishnu auf Abhilfe. Mit Hilfe des Saturn zerstückelte Vishnu von innen heraus die Göttin und ließ ihren toten Körper Stück für Stück zur Erde fallen. Dort wo ihr geheimster Teil, ihr Geschlecht, hinfiel, entstand der heilige Ort Guhyeshvari: Dort – aus dem Geschlecht der Göttin – wuchs der Lotos, in dem sich 'der aus sich selbst heraus als Licht Existierende' manifestierte – die unerklärliche, erste Ursache aller Dinge – das Ur-Ei, das strahlt wie die Sonne. Das große Licht, aus dem die Götter und die Welt entstanden, wählte diesen Ort für sein Erscheinen und heiligte ihn. Und machte Swayambhunath zum Zentrum der Welt und des Kosmos: Zum Berg Meru, dem Mittelpunkt aller Kreise.

Und die Kreise, eingezeichnet in Raum und Zeit, schlossen sich, als ich nun die Stupa umrundete, im Uhrzeigersinn, drei Mal, und dabei stumme Gebete vor mich hin stammelte, deren Inhalt ich selber nicht verstand. Merkwürdigerweise störten mich dabei weder Bettelkinder noch Händler. Sie strömten erst wieder auf mich zu, als ich meine verwirrte Andacht beendet hatte.

Eine seltsame Ruhe war plötzlich in mir. Ein schmerzhafter Knoten schien sich bei diesem Rundgang gelöst zu haben. Ich genoss ein seltenes Gefühl von innerer Weite. Schnell zog ich mich auf die rückwärtsliegende, ruhige Terrasse vor Shantipur zurück, wo es wenig Leute und damit auch keine Händler und Bettler gibt. Hier soll in alten Zeiten Regen gemacht worden sein. Auch wird von Höhlen und unterirdischen Heiligtümern gemunkelt, sogar von einem Geheimgang, der nach Guhyeshvari hinüberführen soll. Ich setzte mich vor den gelben großen Buddha Akshobya, den Herrn des Ostens, der als der Unerschütterliche gilt, weil er, wie ein Spiegel, alles durch sich hindurchfließen lässt und nichts für sich zurückbehält. Hier sitzend ahnte ich zum ersten Mal, welche Befreiung im Loslassen liegen könnte.

Ein leichter Regen setzte ein. Der gelb gestrichene Akshobya begann vor Nässe fettig zu glänzen. Er leuchtete wie Gold. Das erinnerte mich an Gana, wie er an einem heißen Tag vor mir kniete, nass und glänzend vor Schweiß. Und ich sah mich wieder, wie ich mit meinen Händen seinen Schweiß auffing und mir damit Gesicht, Brüste, Bauch und Schenkel einrieb, um noch etwas mehr mein Geliebter zu sein. Denn so war es: In solchen Momenten war ich er. Und wir waren im Zentrum der Kraft und im Licht.

17

Es war später Nachmittag, als ich von der heiligen Höhe hinunterstieg, zurück ins Getriebe der Stadt. Der leichte Regen hatte die Straßen aufgeweicht und sie sumpfig und glitschig gemacht. Ich ging vorsichtig, zufrieden, dass meine Stiefel dicht waren und mich sicher vor dem Schlamm schützten, durch den die Leute in Gummisandalen schlurften. Einmal mehr wunderte ich mich, wie

sauber die meisten Menschen hier wirkten, obwohl
es so viel Gelegenheit gab, sich mit Staub oder
Lehmspritzern zu bekleckern.

Die Menschenmeng wuchs, je mehr ich mich
dem Zentrum näherte. Und schließlich war ich
mitten im Geschiebe des Durbar Square. Hier
vermischen sich Nepali und Touristen, Händler
und Lastenträger, Kinder und Alte, Betende und
Schwatzende. Und dazwischen stolzierte ein fins-
terer Saddhu, ein heiliger Asket auf Wanderschaft,
mit Dreizack und verfilztem Haar. Oder ein paar
Soldaten patrouillieren mit geschulterten Gewehr-
ren. Dies ist Katmandu in seiner Essenz. Der große Platz ist merkwürdig verwinkelt, weil mit vielen
Pagoden möbliert. Ich drücke das so aus, weil sie
wirklich einfach irgendwie herumstehen und nicht
nach einem erkennbaren System angeordnet sind.
Es sind prachtvolle Tempel, die auf mehrstufigen
Sockeln stehen und jeweils einer Gottheit geweiht
sind. Mein Lieblingsort ist seit meinem ersten
Gang in die Stadt der Tempel des Narayana. Und
zwar weil ich mich von dem großen Engel, der
davor kniet, wie magisch angezogen fühle.

Eigentlich wäre es naheliegend, dass mich Ganesha interessieren würde, der dickbäuchige Gott
mit dem Elefantenhaupt, den Gana als Kind so
liebte. Er ist überall gegenwärtig, in tausend Formen bei den Souvenirhändlern, als kleine Skulptur
in den Nischen von Tempeln und Hausfassaden.
Aber dieser freundliche, glückbringende Gott hat
für mein Gefühl nichts mit meinem geliebten Gana zu tun. Viel mehr zieht mich Garuda an, der
mich mit seiner Lockenpracht an Gana erinnert.

Auch Garuda ist überall und in vielfältiger Form vorhanden, in Auslagen von Straßenhändlern und vor den Tempeln, die Vishnu geweiht sind. Halb Mensch, halb Vogel ist er und sieht manchmal aus wie der Teufel, wenn er mit verzerrtem Gesicht und Krallenfüssen nach Schlangen greift. Doch mich interessiert er in seiner Form als sanfter, lockiger Engel, der in versunkener Andacht vor dem Allerheiligsten kniet.

Die Figur des Garuda hat mich seit meiner Ankunft in Katmandu fasziniert. Und das nicht nur, weil die Fluglinie, die mich hierher gebracht hat, diesen Namen trägt. Es gibt in der Nähe des Taleju-Tempels mitten auf der Straße eine Skulptur, die als eine der ältesten des Tals gilt: Ein Engel mit zerschlagener Nase kniet auf dem Pflaster. Seine langen, ebenfalls beschädigten Flügel hängen wie ein Mantel über seinem Rücken. Seine Arme sind mit Reifen geschmückt und um den Hals und die Fußgelenke trägt er ein Gebinde von Schlangen. Seine Haare sind herrlich gelockt, ihre Fülle wird durch ein Band zusammengehalten. Er kniet auf einem Bein, das linke hat er aufgestellt und seine Hände sind in einer demütigen Geste auf der Brust zusammengelegt, so wie ich es von sich verneigenden Katholiken kenne, und wie es die freundlichen Nepali tun, wenn sie dich begrüßen oder sich bedanken.

Was mich an dieser Figur, gleich beim ersten Mal als ich sie sah, beeindruckt hat, ist die Stille, die sie ausstrahlt. Sie kniet mitten im wildesten Händlertreiben und Straßengewühl, doch alles verblasst vor ihrer Intensität zu einem lautlosen Spiel der

Schatten. Eine andere Dimension breitet sich um diesen Engel herum aus.

Noch deutlicher ist diese Stille und Harmonie bei dem großen, unversehrten Garuda vor dem Narayana-Tempel zu fühlen. Narayana ist ein anderer Name für Vishnu, der hier als der Höchste gilt. Sein Tempel steht im ältesten Teil der Stadt, dort wo sich in alten Zeiten die wichtige Karawanenstraßen kreuzten, die Ost und West und Nord und Süd miteinander verbanden. Und noch heute ziehen hier in Mengen verschiedene Völker in bunter Mischung vorbei, wogen die Gesichter am Fuß der Tempelpyramide, wie ein Fluss, der von der Vergangenheit in die Zukunft fließt, wallend sich wandelnd und doch immer derselbe. Und kaum ein Blick wandert hinauf zu dem knienden Engel.

Ich wollte unbedingt mehr über Garuda erfahren und ging darum schon vor zwei Tagen in den Buchladen in Thamel, der in seiner Reichhaltigkeit allein eine Reise nach Katmandu wert wäre. Ich fragte nach Garuda, aber der Buchhändler wusste nur, dass er irgendwo in den Veden vorkommt, konnte mir aber nicht sagen, wo. In seinem Riesensortiment von östlicher und westlicher Weisheit war die Geschichte von Garuda nicht zu finden. Also vertröstete ich mich auf zuhause. Auf bekanntem Gebiet, in der Bibliothek unserer Stadt, würde ich sicher einiges herausfinden können.

Inzwischen hatte der Regen nachgelassen und die breiten Steinstufen der Tempelsockel waren schon wieder trocken. Ich beschloss also, Garuda einen Besuch abzustatten. Ich erklomm den Narayana-Tempel bis zur Höhe, wo ich dem Engel bequem ins Gesicht sehen konnte. Hier schwebt man tatsächlich über dem Getriebe der Welt. Eine Energieachse scheint die große Steinfigur mit dem Innern des Heiligtums zu verbinden. Ich setzte mich und tauchte wieder ein in die Stille. Und die Zeit hielt an.

Die Augen des Engels waren offen, aber nicht zu fassen. Um seine Lippen spielte das stille Lächeln eines Glücks, das ich gerne in mir gespürt hätte. Nun fühlte ich einfach Leere und Schmerzfreiheit – Frieden. Vielleicht war ich deshalb nach Katmandu gekommen: Um dieses stille Glück des inneren Friedens wiederzufinden, das ich durch Gana kennengelernt und mit ihm verloren hatte.

Ich weiß nicht, wie lange ich so saß. Plötzlich schreckte mich eine Bewegung in meiner Nähe aus meiner Versenkung auf. Ein schmaler, dunkelhäutiger Nepali in dunklem Anzug und weißem Hemd stieg die Stufen hoch und kam auf mich zu. Er war etwa vierzig und ziemlich hässlich. Doch aus seinem zerknitterten Gesicht strahlte das hellste Lächeln, das man sich vorstellen kann.

"Guten Tag", sagte er und machte eine sehr lange Pause. Ich brummelte irgend etwas, denn ich wollte mich jetzt nicht stören lassen.

"Ist er nicht wunderschön, unser Garuda", fragte der Mann. Und nach wiederum einer kleinen Pause, nachdem ich Zustimmung gemurmelt hatte: "Wollen Sie seine Geschichte hören?"

Mein Erstaunen war grenzenlos. Aber ich sagte nur einfach: "Ja, bitte."

Und Dilip, unter diesem Namen stellte er sich vor, setzte sich neben mich, faltete seine feinen, dunklen Hände und begann zu erzählen:

"Zwei Schwestern, zwei Königinnen, gingen zu den Rishis, um sich segnen zu lassen. Rishis sind weise Seher und mächtiger als die Götter. Sie haben nämlich so lange meditiert, dass ihnen alles Wissen der Götter zugänglich wurde. Und Schüler sind ja immer mächtiger als ihre Lehrer, Madam, weil sie dem eigenen Wissen das des Lehrers hinzufügen können!

Die zwei Schwestern wünschten sich Kinder. Die Ältere wollte tausend Söhne haben, die Jüngere jedoch wünschte sich nur zwei, doch sollten diese außerordentlich stark sein. Und so geschah es.

Die ältere Schwester erhielt tausend Eier. Und als die Zeit um war, krochen aus diesen Eiern tausend Schlangen, die sich über die Erde und in die Gewässer ausbreiteten.

Die jüngere Schwester erhielt zwei Eier, die allerdings sehr groß waren und in denen sich noch lange nichts regte, selbst als sämtliche Schlangen bereits in die Welt gekommen waren. Also wurde sie eines Tages ungeduldig und schlug eines der beiden Eier auf. Heraus kam ein Sohn, der keinen Unterleib hatte, weil er noch nicht fertig ausgebrütet war. Er war nur ein halber Mensch, dem unterhalb der Gürtellinie alles fehlte und der entsprechend wütend auf seine Mutter war. Er machte ihr bittere Vorwürfe und befahl ihr zornig, wenigstens das zweite Ei in Ruhe zu lassen. Dann flog er an den Himmel, wurde Lenker des Sonnenwagens und verschwand für immer.

Wie es ihr befohlen war, wartete die jüngere Schwester nun geduldig, bis sich endlich das zweite Ei von selber öffnete. Heraus kroch Garuda, halb Mensch, halb Vogel. Und tatsächlich zeigte sich, dass er ein sehr starkes Wesen hatte.

Eines Tages geschah etwas Schlimmes: Die beiden Schwestern stritten sich und weil sie sich nicht einigen konnten, schlossen sie schließlich eine Wette ab. Das Thema des Streites war der Himmelshengst, der bekanntlich weiß ist. Nun behauptete aber die ältere Schwester, der Schwanz des Himmelsschimmels sei schwarz, während die jüngere Schwester darauf beharrte, dass er weiß sein müsse. Die Abmachung war, dass diejenige, die die Wette verlieren würde, die Sklavin der anderen werden sollte.

Tatsächlich war der Schweif natürlich weiß, aber die tausend Schlangen gingen an den Himmel und hängten sich an den Schwanz des Hengstes, so dass dieser schwarz aussah. Und so wurde die jüngere Schwester durch Betrug die Sklavin der älteren.

Als Garuda älter wurde, fühlte er sich gedemütigt durch die Tatsache, dass seine Mutter die Dienerin seiner Tante war. Doch sie erklärte ihm, wie dies gekommen war, und dass sie eben eine Wette verloren hätte und darum verpflichtet sei, zu dienen. Da ging Garuda zu seiner Tante, die er innig hasste, und fragte sie, unter welcher Bedingung seine Mutter befreit werden könnte. Die Tante aber machte sich über ihn lustig und sagte: "Bring mir

Nektar, dann ist Deine Mutter für immer frei."

Nektar aber ist die Speise der Götter, macht diese unsterblich und ist für Sterbliche nicht zugänglich. Garuda jedoch, weil er ja ein Vogelmensch war, konnte in den Himmel fliegen und es gelang ihm tatsächlich, einen Krug Nektar zu stehlen.

Er war bereits auf dem Rückflug, als Indra, der Gott des Firmaments und des Wetters, auf den Dieb aufmerksam wurde. Er schleuderte seinen Donnerkeil nach ihm. Doch Garuda blieb unverletzt. Das war sehr ungewöhnlich, denn Indras Donnerkeil war eine unschlagbare Waffe, die ihm den höchsten Platz im Götterhimmel sicherte. Indra näherte sich also Garuda und fragte ihn, wie es komme, dass er so stark und unverletzlich sei.

Wortlos riss sich darauf Garuda eine Feder aus und auf diese Feder stellte er das ganze Universum. So stark war er. Und er hatte noch viele Federn. Da begriff Indra, dass er verhandeln musste.

"Es ist nicht gut, wenn Deine Tante unsterblich wird", sprach Indra, "Du solltest mir den Nektar zurückgeben." Aber Garuda sagte, dass er ihn brauche, um seine Mutter zu befreien. Da flüsterte ihm Indra ins Ohr: "Sie hat nur gesagt, Du sollst ihr Nektar bringen. Mehr bist Du ihr nicht schuldig. Bringe ihr also den Krug, aber trag ihn danach gleich wieder in den Himmel zurück, noch bevor sie davon trinken kann!" Und Garuda, der seiner Tante nichts Gutes gönnen mochte, war mit dem Betrug gerne einverstanden.

Also flog er zu seiner Tante, der Mutter der Schlangen, und stellte den Krug mit dem Nektar auf den Tisch. "Ihr könnt ihn aber erst trinken, wenn Ihr gereinigt seid", befahl er und so machten sich alle auf, um im Ganges zu baden. Garuda aber nahm schnell den Krug und brachte ihn zu den Göttern zurück.

Indra war hoch erfreut darüber und gewährte ihm eine Bitte. Und Garuda bat darum, seine verhassten Vettern, die Schlangen, fressen zu dürfen. Dies wurde ihm gewährt. Darum wird er oft als teuflischer, schlangenverzehrender Dämon dargestellt.

Vishnu, die höchste Energie in ihrer Form als Bewahrendes, hatte das ganze Geschehen beobachtet. Ihm gefiel, dass Garuda nicht nur körperlich stark war, sondern auch die Charakterstärke hatte, nicht für sich selbst vom Nektar zu naschen und sich damit unsterblich zu machen. Er rief ihn vor sich und gewährte ihm ebenfalls eine Bitte. Da wurde Garuda vom Hochmut gepackt und sagte frech: "Ich will über Dir sein." Das war natürlich vermessen, aber Vishnu reagierte kühl und erlaubte Garuda ganz einfach, auf seiner Flagge zu sitzen. So war Garuda über ihm ohne dass Vishnu seine Macht verlor. Der Hochmut aber ritt Garuda weiter, er war wie verhext von seinem Erfolg, und so beging er eine zweite Vermessenheit und sagte gönnerhaft zu Vishnu, er würde ihm nun auch eine Bitte gewähren. Da sagte Vishnu: "Ich will Dich zu meinem Fahrzeug machen". Und so geschah es. Wenn immer Vishnu sich bewegt, benutzt er dazu die Kraft Garudas. Wie auf einem Reittier reist er auf Garudas unbesiegbarer Energie. Doch wenn Vishnu schläft, legt er sich auf ein Bett aus Schlangen und schützt sie dadurch vor ihrem Feind. Garuda muss nämlich, um den göttlichen Schläfer nicht zu stören, die verhassten Schlangen verschonen.

So neutralisiert der große Vishnu die Feindschaft zwischen den zwei Schwestern und gleicht den natürlichen Gegensatz zwischen den himmlischen und den irdischen Wesen aus. Und Garuda betet seine Weisheit an."

18

Ganz beglückt von Dilips Erzählung machte ich mich auf die Rückkehr ins Hotel. Wie wunderbar, dachte ich mir, beschrieb diese indische Sage die Versöhnung zwischen den ewig verfeindeten Kräften, zwischen den Energien von Himmel und Erde. Vishnu wurde zu Recht der Erhalter genannt, so wie es ihm gelang, mit beiden polaren Kräften in Kontakt zu sein, sie aber gleichzeitig auseinander und damit in Balance zu halten. Ach wenn ich doch auch so weise wäre und meine Sehnsucht nach Halten und meinen Wunsch frei zu lassen ins Gleichgewicht brächte! Davon war ich jedoch noch weit entfernt. Aber immerhin spürte ich so etwas wie Hoffnung, dass die Gegensätze, die mich in meinem Inneren zu zerreißen schienen, auf ähnliche Weise in einen Ausgleich gebracht werden könnten. Doch die nächsten Ereignisse stürzten mich in eine neue Welle von Verwirrung.

Als ich nämlich im Hotel anlangte und nach meinem Schlüssel verlangte, sagte mir die Empfangsdame, die in ihrem bunten Sari und ihrem sanften Lächeln wie ein engelhafter Schmetterling wirkte, dass mich ein Herr in der Bar erwarte.

"Sind Sie sicher?", fragte ich erstaunt. Denn außer Charles kannte kein Mensch meine Adresse und mit Charles hatte ich am Vorabend gerade noch telefoniert.

Sie nickte bestimmt: "Da drüben, Madam" und zeigte mit der Spitze eines weißen Kugelschreibers auf die schwarze Türöffnung, die zur Bar führte. Achselzuckend folgte ich ihrer ausgestreckten Hand.

Die Bar war dämmrig und leer und wirkte seltsam kühl. In einer Nische, mit dem Rücken zu mir, saß ein massiger Mann, den ich sofort erkannte: Reynolds. Das war unglaublich!

"Grüß Dich! Wie um Himmels Willen kommst Du hierher?" Mir war seltsam zumute. Die Situation schien irreal: Der so gewohnte Anblick dieses bekannten Mannes an diesem fremden, exotischen Ort war fast unheimlich. Mir war, als ob zwei Realitäten aufeinander prallten.

Er stand auf und öffnete die Arme. Seine Umarmung war fest aber nicht nötigend. "Du siehst ja großartig aus", sagte er, "ganz braun. Und ich habe mir solche Sorgen um Dich gemacht."

Ich erwiderte nichts. Ich verstand nicht, was vorging. Doch vorerst benahmen wir uns, als ob dieses Treffen das gewöhnlichste der Welt wäre. Wir setzen uns und bestellten Drinks. Der Barkeeper drehte ein paar weitere Lichter an, so dass die Wirklichkeit Verstärkung erhielt und die drückende Traumatmosphäre zurückwich. Nun waren auch Reynolds Augen deutlich zu sehen.

"Ich habe mir Sorgen um Charles gemacht und ich habe mir Sorgen um Dich gemacht. Und da habe ich beschlossen, her zu kommen und nach Dir zu sehen." Er musterte mich aufmerksam.

Ich war nicht fähig zu antworten. Ich wusste einfach nicht, was ich sagen sollte. Seine Sorge rührte mich zwar, aber gleichzeitig fühlte ich mich eingeengt durch seine Anwesenheit. Schließlich hatte ich mich abgesetzt, um allein zu sein. Ich langte nach dem Glas, nippte ein wenig und stocherte in den Fruchtscheiben herum, die in der Flüssigkeit schwammen.

"Charles leidet. Und da ich mit Charles Geschäfte mache, bin ich daran interessiert, dass es ihm gut geht." Reynolds wirkte müde. Sein flächiges, gebräuntes Gesicht war von Linien durchzogen, die mir tiefer schienen als je. Um seine Augen lag ein Schatten, der mir aufs Herz drückte. Ich hätte mich gerne verteidigt, denn ich weiß, dass ich Charles einiges angetan habe, was er keinesfalls verdient hat. Mein unrechtes und ungerechtes Verhalten hat mich während der ganzen Zeit mit Gana bedrückt und ich konnte meine Schuldgefühle nur aushalten, indem ich sie so gut wie möglich verdrängte. Ich hatte das Problem sozusagen auf später vertagt, aber immer damit gerechnet, dass ich einmal zur Rechenschaft gezogen würde. Nun schien dieser Tag gekommen zu sein. Und ich hatte noch immer nichts zu meiner Entlastung vorzubringen.

Aber es war gar nicht nötig, mich zu verteidigen, denn Reynolds fuhr fort: "Ich bin aber auch daran interessiert, wie es Dir geht. Denn..." Reynolds nahm sein Glas und trank es in langsamen Zügen fast leer. Schließlich sagte er mit einer rauen Stimme, die fast brechen wollte: "Du bist mir auch nicht gleichgültig, Peggy."

Ein gewaltiger Schrecken durchfuhr mich. Doch ich versuchte, die Sache aufzuhalten, sie nicht wahr werden zu lassen. Ich lächelte, so gut es mir eben gelingen wollte. "Du bist wirklich lieb" murmelte ich. Aber es nützte nichts.

"Verdammt, verdammt, verdammt", sagte Reynolds. "Ich hätte es Dir nie sagen wollen. Aber jetzt wo Du ausbrichst, jetzt wo Du einfach davonläufst, jetzt muss ich Dir sagen: Ich halte das nicht aus, ich liebe Dich."

Reynolds, mein erster Arbeitgeber, als ich nach dem College zu jobben anfing, Reynolds, der mich dazu überredete, Malstunden zu nehmen und mir immer eine großartige Karriere voraussagte, Reynolds, der Charles einen Job und ein gutes Einkommen bot, kaum dass ich ihn geheiratet hatte, Reynolds, der wichtigste Käufer meiner Bilder, Reynolds, den ich noch nie wirklich gemocht, noch nie wirklich angesehen und noch nie ernst genommen hatte, Reynolds hatte gesagt, dass er mich liebe!

Wir saßen lange Minuten wie versteinert, ratlos und unfähig ein Wort zu finden. Beide bekamen wir die Situation nicht in den Griff.

Immerhin hatte ich nun Zeit, ihn zu betrachten. Er war ein kräftiger, gut aussehender Mann mit flächigen Wangen und einem energischen Kinn. Sein Haar war schon ziemlich weiß, aber noch sehr füllig. Seine unruhigen und unsicheren Augen ließen ihn in diesem Augenblick jünger wirken, als er war.

Schließlich bestellte ich neue Drinks. "Harold", sagte ich, so lieb wie ich konnte und das war einer der ganz seltenen Momente, wo ich ihn bei seinem Vornamen nannte, "mit mir ist alles in Ordnung. Ich bin von zuhause ausgerückt, weil ich hier in Ruhe etwas fertig verarbeiten wollte, was mir in den letzten Jahren zu schaffen gemacht hat. Und Charles war einverstanden. Sonst ist gar nichts. Du brauchst Dir keine Sorgen zu machen. Und ich möchte nicht, dass Du leidest."

Sein Gesicht war ganz leer und seine Augen blickten hoffnungslos. Ich nahm seine Hand. Es berührte mich sehr, diesen bärenstarken Mann so hilflos zu sehen. Wie lange kannten wir uns schon! Und wie fremd waren wir uns bisher gewesen! Ich hatte ihm unterstellt, dass er nichts als Geld und kleine Mädchen im Kopf hätte und hatte ihn deswegen heimlich verachtet. Und nun saß er vor mir, zum ersten Mal nicht lustig, zum ersten Mal nicht schäkernd, und ich verstand, dass ich nicht aufmerksam genug gewesen war. Ich hatte ihn verkannt, ich hatte ihm Unrecht getan. Schuldgefühle fielen wie ein böser Vogelschwarm über mich her.

"Harold", flüsterte ich, "nimm's nicht zu schwer. Sind wir nicht seit Jahren die besten Freunde? Wir sind Freunde. Ich bin glücklich, dass Du mich magst. Ich danke Dir, dass Du es gesagt hast." Und dann hätte ich weiterfahren wollen und ihm sagen, dass ich ihn so, wie er sich jetzt zeigte, tatsächlich sehr gerne hatte und dass es mir weh tat, zu sehen, wie es ihm weh tat. Aber ich fand die richtigen Worte nicht. Dabei hätte ich sagen wollen: Ich weiß, wie es ist, wenn man vergeblich liebt und wenn man seine Arme immer wieder nach etwas ausstreckt und nichts da ist; ich weiß, wie es ist, wenn das Herz überläuft und man sich nichts anmerken lassen darf; ich weiß, wie es ist, wenn einen die Sehnsucht umpflügt und aufbricht, wie ein Acker im Herbst. Ich weiß, wie entsetzlich weh es tut und wie einsam man sich fühlt. Aber mein Mitgefühl machte mich selber so entsetzlich traurig, dass ich stumm wie ein Fisch sitzen blieb und einfach seine Hand drückte und streichelte. Und plötzlich wurde es mir zu viel und ich begann zu weinen. Das sollte man aber in Asien auf keinen Fall öffentlich tun. In höchster Bedrängnis drückte ich darum einen schnellen Kuss auf Reynolds Hand, sagte "wir sehen uns beim Abendessen" und rannte auf mein Zimmer. Und dort ließ ich Schmerz und Verwirrung in einem Tränenstrom aus mir fließen. Charles, Gana, Reynolds, es überstieg meine Fähigkeit, das Durcheinander zu fassen. Ich fühlte mich in einer unsäglichen Verstrickung gefangen. Und wie durch ein Labyrinth kämpfte ich mich durch meine wild verwickelten Gefühle. Ich lag auf dem Bett und weinte wie schon lange nicht mehr. Und während ich mich stöhnend und schluchzend wälzte, kreiste in mir wie ein Mahlstrom die dümmste Frage der Welt: Warum, warum, warum? Es war einfach scheußlich.

Doch dann hielt plötzlich etwas den grausigen Wirbel an. Wie ein Lichtstrahl ins Dunkel fällt, so durchkreuzte Stille meinen inneren Aufruhr. Und ich hörte die ruhige Stimme Dilips, wie sie vom wütenden Leiden Shivas sprach und von der ausgleichenden Weisheit Vishnus. Und zögernd, wie ein scheues Wildtier, das immer wieder ängstlich wegzuckt, kehrte die friedliche Stimmung vom Nachmittag in mich zurück, immer wieder verscheucht von einem beharrlichen Schluchzer, bis ich endlich ausgeweint war und meine Ruhe fand.

Beim Abendessen erzählte ich Reynolds alles. Ich gestand ihm meine schmerzhafte Geschichte mit Gana und meine Schuldgefühle gegenüber Charles. Ich sagte ihm, dass ich nun einsähe, wie viel ich seiner gütigen Unterstützung verdanke. Und ich bat ihn um Verzeihung, dass ich dies nicht früher gemerkt hätte. Ich erklärte ihm, dass ich im Moment nicht fähig sei, ihm mehr anzubieten als meine Dankbarkeit und meine Freundschaft. Aber meine Offenheit tröstete ihn so, dass er meine Hände streichelte und sagte, dass er gar nicht mehr verlange, und dass dies der glücklichste Moment seines Lebens sei. Dies wiederum rührte mich so, dass ich mich tatsächlich in diesem Moment in ihn verliebte. Er spürte und genoss es, aber wir hatten beide die Klugheit, es dabei zu belassen. Wir kamen überein, dass wir Charles nichts von unserem Zusammentreffen erzählen würden. So teilten wir wenigstens dieses kleine Geheimnis. Es wurde ein sehr schöner Abend und es tat mir sehr leid, dass Harold schon früh am Morgen wieder abreisen wollte. Harold, der sich plötzlich als der Schutzengel meines Lebens erwiesen hat und der in großzügiger Liebe bereit ist, sich mit einer Rolle als Freund und Beichtvater zu begnügen.

Oh Loredana, ich finde, diese Freundschaft habe ich nicht verdient. Doch wie hat es mir gut getan, endlich einmal mein Herz ausschütten zu können, wie erleichtert war ich, dass ich mich endlich einmal aussprechen konnte. Ach, wie gut ist es, Freunde um sich zu wissen! Und ist es nicht mein einziger Trost, dass es mir gelungen ist, Gana, den ich als Liebsten verloren habe, wenigstens als Freund zu gewinnen?

19

Zwei Monate, achteinhalb Wochen, verblieben noch bis zu Ganas Abreise nach Europa. Das Wissen um unseren Abschied lag über unseren Treffen wie ein Schatten, wie ein metallischer Geschmack im Mund, der sich durch nichts vertreiben lässt. Ich versuchte, die Stunden mit Gana zu genießen, so gut es ging, aber immer schwang irgendwo, wenn auch manchmal nur ganz weit entfernt, die Angst vor seinem Weggehen mit. Nicht nur der Schmerz ihn zu verlieren, trieb mich um, sondern auch die Furcht, dass die Welt ihm etwas antun könnte. Lauerten nicht überall Gefahren? Wie sollte ich ihn und mich davor schützen, endgültig unterzugehen, zu versickern in der Zeit und in den Ereignissen? Mit meinen von den Ängsten geschärften Sinnen berührte ich Gana nicht mehr nur einfach aus Freude und Lust. Ich versuchte, ihn ganz und gar in mich aufzunehmen. Meine Hände lernten die Rundung seiner Muskeln auswendig, den Graben, den die Wirbelsäule in seinen Rücken zog, die Kanten seines Nasenbeins, die sanfte Wölbung seiner Augenlider mit den Brauen darüber, die ich gegen den Strich streichelte, um ihre Borstigkeit besser fühlen zu können. Ich versank mit meinen Fingerspitzen in der Mulde seiner Schläfen und kehrte immer wieder zu seinen Lippen zurück, die unter meiner Berührung leise zitterten. Ach diese Zartheit, diese Festigkeit, wo würde ich sie wieder finden? Und wie sollte ich leben ohne sie?

Auch Gana war beklommen, aber ihn belebte gleichzeitig die Aussicht auf ein neues Leben. Er war ja noch so jung, er freute sich auf Entdeckungsfahrt zu gehen. Die Welt lockte ihn, er würde Neues erleben, Erfahrungen sammeln. Ich spürte seine vergnügte Neugier, seine Erwartung, seine Spannung und mochte sie ihm von Herzen gönnen. Auch weil ich deutlich fühlte, wie tief er in mir verwurzelt war, und dass er diese Wurzeln nur zögernd und mit Schmerzen durchschneiden würde.

So waren wir gleichzeitig glücklich, uns noch zu haben, und unglücklich, uns zu verlieren. Aber wir sprachen nicht darüber. Wir sagten nichts, gaben uns keine Versprechungen ab, schworen uns keine Schwüre.

Etwa zwei Wochen vor seinem Abflug erschreckte mich Gana zutiefst. Er kam mit abgeschnittenem Haar daher. "Neues Leben, neue Frisur", sagte er wohlgemut und merkte vorerst nicht, wie sehr er mich damit verstörte und dass er mir fast das Herz brach. Seine strahlende Aura war mit dem Verschwinden seiner goldenen Mähne aufs Mittelmaß geschrumpft. Er war nun plötzlich ein gewöhnlicher junger Mann. Und erst, als er meinen Schock fühlte und mich nachdenklich und traurig ansah, erkannte ich meinen Geliebten wieder. Mir wurde klar, dass ich auch diesen Schnitt, wie alles andere, akzeptieren musste. Aber mir war, als ob man mir alles, alles nähme und als ob ich nicht einmal sein unversehrtes Bild in meiner Seele behalten dürfe.

Und dann war Gana weg. Nach einem undramatischen, schnellen Abschied, auf den wir uns ja lange genug vorbereitet hatten. Ich hatte mich gewappnet, weil ich meine Fassung auf keinen Fall verlieren wollte, und alberte ein wenig herum.

Gana blieb ziemlich ruhig und beobachtete mich mit Ironie, was wiederum mich zum Schweigen brachte. Und so umarmten wir uns stumm und gingen auseinander. Und ich tröstete mich, indem ich zu allen Göttern um Schutz für meinen Geliebten betete.

Wir hatten uns nicht versprochen, uns zu schreiben. Und ich hatte auch Ganas Adresse nicht, denn er musste sich in Paris zuerst eine Bleibe suchen. Ich hätte ohnehin nicht als Erste schreiben wollen, denn er sollte die Freiheit haben, zu entscheiden, ob und wie es mit uns weitergehen sollte. Aber natürlich wartete ich jeden Tag sehnsüchtig auf den Briefträger.

Nach drei Wochen brachte er endlich etwas für mich: Gana schrieb begeistert von Paris. Er erlebte zum ersten Mal das Großstadtleben und flippte vor Aufregung fast aus. Er hatte sich an der Sorbonne eingeschrieben, war aber noch nicht ernsthaft dazugekommen, Kurse zu besuchen, weil er gleich nach seiner Ankunft in eine kleine Gruppe von jungen Leuten geraten war, die viel zu bereden und zu feiern hatten. Wahrscheinlich hatte Gana in dieser Beziehung einen gewissen Nachholbedarf, denn in den vergangenen zwei Jahren hatte er fast seine ganze Freizeit mit mir verbracht. So hatte ich also alles Verständnis für seine Vergnügungen. Bang wurde mir erst, als ich mir überlegte, dass es in dieser Freundesgruppe wohl auch Frauen gab. Doch ich ließ den Gedanken lieber erst gar nicht richtig aufkommen, denn von nun an wusste ich, dass ich vor Eifersucht nicht gefeit war.

In meiner Antwort beschrieb ich Gana, wie das Leben hier bei uns weiterging. Ich hielt mich dabei an die Normalität und verschwieg ihm meinen Schmerz und meine Sehnsucht, die meinen Körper wie in Krämpfen durchschüttelte. Ich sagte keinen Ton von den Schreien, die aus meiner Kehle herauswollten und die ich mit der Faust am Mund erstickte. Er sollte nichts wissen von meinem Leiden, nichts von den schlaflosen Nächten, nichts davon, dass ich stundenlang vor meinen Leinwänden saß, auf das Weiße stierte und nicht die Kraft hatte, den Pinsel zu heben.

Manchmal übermannte mich das Selbstmitleid. Dann dachte ich, dass ich sehr teuer zu bezahlen hätte für das Glück, das mir vergönnt gewesen war. Dann wieder kam Ruhe über mich und ich war reine Dankbarkeit für alles, was ich erlebt hatte. Aber der Wechsel dieser Zustände verwirrte mich und kostete enorm viel Kraft. Und alles musste unsichtbar und ungesagt bleiben. Charles ahnte vielleicht etwas, aber wusste nichts. Und die Poghuys, die wahrscheinlich im Bilde waren, dachten wohl als letzte daran, mich zu trösten. Und an wen sonst hätte ich mich wenden können. Ich hatte bisher einsam, für mich und meine Arbeit gelebt.

Ich versuchte, so gut es ging, mein früheres Leben wieder aufzunehmen, so wie es gewesen war, bevor mich diese zweijährige, selige Trance erfasst hatte. Ich versuchte zu vergessen, dass ich diese andere, goldene Dimension erfahren hatte, die mich so weit und so gnädig vom Alltäglichen weggeführt hatte. Aber wenn ich mit Charles gemütlich beim Essen saß oder mit Reynolds an einer Party schäkerte, dann spürte ich meine Isolation und Einsamkeit wie einen Berg auf mir liegen und wunderte mich, dass ich unter dem Druck nicht schreiend zusammenbrach.

Immerhin, nach einiger Zeit gelang es mir, wieder zu arbeiten. Ich spürte auch, dass mich das Leiden um Gana mutiger machte. 'Was kann mich jetzt überhaupt noch verletzen', fragte ich mich. Und erlaubte mir Lösungen von einer Kühnheit, die mich manchmal selber erschreckten. Aber ich sah, dass meine Bilder besser wurden.

So verging der Frühsommer und der Sommer meldete sich mit den ersten heißen Nächten. Gana war weit entfernt, auch wenn er regelmäßig schrieb und ich ihm regelmäßig antwortete. Es war klar, dass für uns beide eine neue Epoche begonnen hatte. Und als eines Tages ein Brief kam, in dem

Gana mich einlud, ihn zu besuchen, fühlte ich mich so weit distanziert, dass ich das Angebot annahm.

Gana wollte mit seinen Freunden Ferien machen. Sie hatten in der Ardèche ein Schloss entdeckt, in dessen Park man herrlich zelten konnte. Dort hätte es auch Platz für mich, und es wäre eine gute Gelegenheit, seine neuen Freunde kennenzulernen.

Ich buchte einen Flug. Ich wollte mir ohnehin in Paris eine Ausstellung ansehen und einen Galeristen besuchen, der sich für meine Bilder interessiert hatte, auf Grund der Kritiken, die in der letzten Zeit von mir erschienen waren.

20

Paris hatte sich sehr verändert, doch die Bilder in den Museen, die ich seit meiner Kindheit liebte, waren die gleichen geblieben. Allerdings hatte ich Mühe, mich wirklich auf die Kunst einzustellen, denn sowohl die Vorfreude, wie die Angst, Gana wiederzusehen, beunruhigten mich. So flanierte ich durch die neuen Quartiere, ließ mich von Rolltreppen hinauf- und hinuntertragen, ging der laut gewordenen Seine entlang und durch die kleinen Straßen voller Läden – ohne viel wahrzunehmen. Eine dumpfe Unbestimmtheit trieb mich und ich hatte auch gar keine Lust, herauszufinden, was wirklich mit mir los war. Die Gespräche mit dem Galeristen waren gut verlaufen, es sah so aus, als ob es im Lauf der nächsten Jahre verschiedene

Ausstellungen von mir in Frankreich geben würde. Aber es gelang mir nicht, mich darüber zu freuen.

So vergingen die zehn Tage, die ich für Paris eingeplant hatte. Dann mietete ich einen Wagen und fuhr nach Süden. Wie um Zeit zu gewinnen, folgte ich dabei den kleinen Straßen, arbeitete mich durch die Industriequartiere der Ile de France, schließlich durch die lockerer werdende Landschaft mit immer kleiner werdenden Dörfern. Das Korn auf den Feldern war schon reif und stand üppig, oftmals hinter Hecken, die die schmalen Straßen noch mehr verengten. Oft bewegte ich mich in einem Tunnel aus Büschen, und die Ungewissheit, was mich hinter der nächsten Kurve erwarteten könnte, spannte meine Sinne an. Doch meistens war das nichts anderes als ein weiteres Stück von Kurven und sichtverdeckenden Hecken.

Mein erstes Ziel war Le Puy. Reynolds hatte mir, als ich seinerzeit von meiner Frankreichreise erzählte, gesagt: "Le Puy musst du gesehen haben!" Hier gab es nämlich ein altes Steinheiligtum und eine schwarze Madonna. Ich wunderte mich sehr, dass Reynolds (dieser verdammte Reynolds, dachte ich damals noch,) davon wusste. Und dass er ahnte, dass mich das interessieren könnte. Heute scheint mir allerdings, dass er schon immer mehr über mich gewusst hat, als ich selber.

Jedenfalls bin ich froh, dass ich diesen Ort besuchte. Die lange Treppe, die zur Kathedrale hinaufführt, erinnert an die vielen Stufen, die ich hier zum Stupa von Swayambhunath heraufkletterte. Außerhalb der Kirche – allzu weit mochten die damaligen Christen wohl nicht gehen in der Übernahme heidnischer Heiligtümer! – lag wie eine Matratze der Stein, auf den sie noch im Mittelalter fiebrige Kinder gelegt hatten, um sie zu heilen.

Die schwarze Madonna im dämmrigen Kirchenschiff war klein und streng. Ich stellte drei brennende Kerzen zu ihren Füssen auf: eine für Gana, eine für mich und eine für Charles, der Mühe bekundete, zu verstehen, warum ich plötzlich anfing, allein in der Welt herumzureisen. "Ist etwas los?" hatte er mich gefragt. Und ich hatte geantwortet: "Sicher. Aber ich kann Dir auch nicht genau sagen, was." Er hatte mich darauf in die Arme genommen und lange, sehr lange, sehr fest gehalten und schließlich geflüstert: "Komm aber bitte zurück." Und ich flüsterte ebenfalls, traurig über seine Trauer: "Ich glaube es fast sicher." Und sonst wurde nichts mehr gesagt, bis Charles mich zwei Wochen später zum Flughafen brachte. Aber gerade diese Stille zeigte mir unsere tiefe Verbundenheit und darum brannte nun in Le Puy auch eine Kerze für ihn.

Schließlich begann das letzte Stück der Reise, zum Schloss, wo Gana seine Sommerferien verbrachte. Ich fand die Abzweigung von der Hauptstraße ohne Probleme und fuhr eine weite Strecke eine kleine gewundene Straße entlang, die nicht mehr als ein asphaltierter Feldweg war. Stattliche Baumgruppen und Alleen aus alten Bäumen zeigten, dass dies seit Jahrhunderten bewusst gepflegtes Land war. Die Gebäude, die zwischen den kleinen Waldstücken auftauchten, wirkten allerdings ziemlich verkommen. Dann kam die Schlossmauer, altes, verwittertes Gestein. Lange musste ich der Mauer folgen, bis sich endlich ein Tor fand, das mir Einlass gewährte. Es war ein schön verziertes Steintor, Rokoko, aber so verwittert, dass es an ein römisches Bauwerk erinnerte. Auf der Wetterseite war es mit dichten Mooskissen bedeckt. Aber im besonnten, trockenen Teil strahlten kleine, glänzendgrüne Kräuterbüschel aus den Mauerritzen. Ein Durchgang in eine andere Zeit und in eine andere Welt schien sich zu öffnen.

Ich fuhr im Schritttempo hindurch, ein kleiner Zwischenhof tat sich auf und dahinter ein zweites Tor. Dann sah ich das Schloss.

Es war ein riesiger L-förmiger Komplex mit unzähligen, großen Fenstern, die sich auf den Schlosshof richteten. Großzügige, aber vernachlässigte Rasenflächen mit schmalen, gekiesten Wegen bildeten die Einfahrt. Ein paar, allerdings nicht sehr üppige Blumenrondelle, setzten Farbtupfer. Entlang der Mauer standen in Gruppen die schönsten Zedern, die ich in meinem Leben gesehen habe.

Ich parkierte das Auto linkerhand unter einem dichten Kastaniendach und stieg aus. Es war fast unheimlich still. Nichts und niemand regte sich. Es war gegen drei Uhr mittags.

Aus der Nähe gesehen, wirkte das Schloss eher verkommen. Die Fensterrahmen hätten dringend einen Anstrich benötigt, der Rasen war voller Unkraut, die Blumenrondelle struppig vor Trockenheit. Ich ging durch eine Glastür, die in eine Art Kantine führte. Mit Kunststoff belegte Tische standen in langen Reihen, auf beiden Seiten billige Stapelstühle. Ein leeres Buffet mit Chromstahlabdeckung beherrschte die eine Wand und wirkte nicht gerade einladend. Aber aus den großen Fenstern gab es einen Ausblick auf Park und Teiche, der einem das Herz stillstehen ließ: Baumriesen spiegelten sich in Weihern, Statuetten bildeten helle Tupfer.

Eine kleine, schwarzhaarige Frau fuhr mit einem verdächtig schmuddeligen Scheuerlappen zwischen den Tischen herum. Als sie aufsah, sagte ich ihr, wen ich suchte und ihrer schwer zu verstehenden Antwort entnahm ich, dass niemand da war, dass nämlich alle ausgeritten seien. Sie bot mir etwas zu trinken an, was ich dankend annahm. Dann machte ich einen Rundgang ums Schloss.

Der von der Mauer umgebene Park dehnte sich weiter aus, als das Auge reichte. Vor dem Hauptgebäude fiel das Gelände steil ab, in Richtung auf einen Bach zu, der hinter wilden Büschen nur wenig zu sehen, aber gut zu hören war. Links hingegen war das Terrain flach. Dort lagen die Wasserbecken, die ich vorhin aus den Fenstern gesehen hatte. Wunderbare alte Blutbuchen verbreiteten einen geheimnisvoll rötlichen Glanz, den das Wasser reflektierte. Die nähere Besichtigung zeigte, dass es außer den nackten Marmordamen auch Vorrichtungen für Wasserfälle und allerhand Wasserspiele gab, aber diese waren verkommen und sicher nicht mehr funktionstüchtig. Das etwas Schäbige, Überwucherte der Anlagen verströmte eine seltsam verwunschene Atmosphäre, ließ ein Gefühl von Unwirklichkeit aufkommen, das sich mit Bildern aus der Geschichte vermischte. So war mir, als ob ich zwischen den verwilderten Büschen die weiten Röcke von schönen Hofdamen aufblitzen sähe, als ob weißbestrumpfte Herren mit Degen an der Seite über die Wege stolzierten, zu altmodischen Musikklängen, die das Rauschen der Bäume und des Wassers untermalten.

Der Rundgang und meine Phantasien hatten meine Aufregung und meine Erwartung gedämpft. Ich vergaß in diesem Moment sozusagen, Gana entgegenzufiebern. Zufrieden saß ich unter einem der Baumriesen und wartete. Und ich verlor die Geduld nicht, selbst als Stunden vergingen und die Sonne sich immer näher auf die Hügel zubewegte und an Wärme verlor.

Dann hörte ich endlich stampfende Pferdehufe den Hang emporjagen. Aber es waren keine Höflinge in roten Röcken mit schwarzen Dreispitzen auf weißen Lockenperücken, die nun heran preschten, sondern ein Trupp von jungen Leuten in Jeans und farbigen Hemden, strahlend und lachend vor Freude und Gesundheit, in einheitlicher Bewegung mit den Körpern ihrer Pferde, als ob sie mit diesen verwachsen wären. Etwa zehn Reiter waren es, die als enge Gruppe herangerast kamen, offensichtlich ritten sie um die Wette. Die Farben der schwarzen und braunen Pferderücken vermischten sich. Und die Mähnen und Schweife und die Haare der jungen Mädchen flogen im Wind.

Nun ritt der Trupp in einer großen Kurve nach Westen, wo sich die Sonne bereits rötete, wendete und flog auf mich zu. Und im Glanz des Gegenlichtes lösten sich die Formen auf und wurden zu einem einzigen Strahlen, das wie eine Aura um die wehenden Haare und Pferdeschweife lag. Und mir

war, als ob eine himmlische Heerschar daher ge-
braust käme.

Dann aber zog das Knäuel von Leibern an mir
vorbei und ich merkte am strengen Pferdegeruch,
dass es eine durchaus irdische Erscheinung war.
Auch löste sich nun die Gruppe auf und schwärm-
te auseinander. Die Reiter sprangen von ihren
Pferden, einer hier, eine Reiterin da, und lachten
und riefen sich Dinge zu, klopften und streichelten
ihre Tiere und machten sich an den Geschirren zu
schaffen.

Gana war in ihrer Mitte. Sein Haar war wieder
etwas länger geworden und unter den engen Reit-
hosen zeichneten sich seine wundervollen Schenkel ab. Er sah gut aus. Er sah so gut aus, dass ich
ganz still und bewegungslos sitzen blieb, damit die
Welle von Verlangen, die durch mich hindurch-
fuhr, sich erst einmal legen konnte. Als ich mich
endlich etwas gefasst hatte, stand ich auf und ging
auf die jungen Leute zu.

21

"Helen", rief Gana, als er mich gewahrte, "Helen! Mensch, Super. Wart einen Moment!" Dann
nahm er sein Pferd und führte es zur Seite, wo er
es an einer Stange anbinden konnte. Dann drehte
er sich um und stürzte auf mich zu. "Helen, wie
wunderbar, dass Du da bist." Und dann ging alles
ganz schnell und wir lagen uns in den Armen und
hielten uns fest. Aber irgend eine merkwürdige
Scheu veranlasste mich, mein Gesicht so wegzu-

drehen, dass wir uns nicht küssen konnten und später sollte sich zeigen, dass mein Instinkt richtig gewesen war. Vorerst aber stand ich da und genoss es, Ganas Körper gegen meinen gepresst zu spüren. Ich zog seinen Geruch ein, den ich trotz des Ammoniakgeruchs des Pferdeschweißes zu riechen meinte. Und ich war glücklich, wie man nur glücklich sein kann, wenn man weiß, dass der Faden des Glücks ausgesponnen, abgemessen und eigentlich schon so gut wie durchschnitten ist.

Schließlich lösten wir uns voneinander. "Ich muss mein Pferd versorgen und dann duschen." Gana hielt mich noch, wenn auch entfernt, so dass ich sehen konnte, wie seine Augen vor Freude strahlten und lachten. "Danach trinken wir etwas und ich stelle Dich meinen Freunden vor." Er führte mich aus der Gruppe der Reiter weg, hinüber zur Kantine und setzte mich draußen an einen Tisch. "Rosina", schrie er durch die offenstehende Glastür, "kannst Du Helen etwas zu trinken bringen?" Und dann zu mir: "Eine halbe Stunde, im Maximum, dann bin ich bei Dir. Geht das?" Und als ich nickte, küsste er galant meine Hand und rannte davon. Und ich konnte zusehen, wie er das Pferd absattelte und abrieb, es dazwischen tätschelte und auf die Nase küsste. Offensichtlich verhandelte er auch mit den Jungen um ihn herum, denn nun nahm er sein Pferd, band es neben das eines dunkelhaarigen, jungen Mannes, winkte mir zu und verschwand durch das große Portal im Hauptgebäude des Schlosses.

Eine Viertelstunde später war er da, mit nassem Haar und kurzen, grellgemusterten Shorts. Seine

Freunde waren noch immer mit den Pferden beschäftigt. Er ging in die Kantine und rumorte drin herum. Dann kam er mit Oliven und einer Flasche Weißwein.

"Lass uns auf Deine Ankunft trinken!"

Wir sahen uns in die Augen, als wir anstießen, und ich konnte in Ganas Augen nichts als reine Freude finden. Er war glücklich, dass ich da war, und er überfiel mich mit Fragen nach meiner Reise, nach meiner Arbeit, nach zuhause. Aber in seinem Blick war nichts, das Anker bis in die Magengrube wirft, nichts, das einem erlaubt, zu verstummen, nichts, das weiche Knie und heiße Wellen auslöst, die gnadenlos durch den Körper fahren. Und während ich glücklich war, ihn so offen und freudig zu sehen, breitete sich in mir der Schmerz darüber aus, dass er mich nicht mehr begehrte. Und mir wurde klar, dass ich diesen Moment erwartet und gefürchtet hatte, in all den Tagen meiner langsamen Reise, in denen ich unser Treffen heftig ersehnt und sorgfältig hinausgezögert hatte.

Ich war ihm nicht böse. Er war so glücklich, so fröhlich, so erfüllt. Und ich spürte, dass er mich auf eine bestimmte Art liebte, in einer freundschaftlichen Weise ohne Leidenschaft. Und es tat weh, seine Bewegungen zu sehen, seine Muskeln, die unter seinem Hemd vibrierten, seinen Hals, so braun und stark. Und seine Hände, die mit dem Korken spielten und mich in eine schreckliche Versuchung führten.

Ich fürchte, ich war ein bisschen einsilbig beim Erzählen. Oder wer weiß, vielleicht war ich besonders munter und witzig, um meine Trauer zu betäuben? Jedenfalls bemühte ich mich, mir nichts anmerken zu lassen und es gelang. Denn Gana, der mich früher mit einem einzigen Blick zu lesen und zu durchschauen schien, war nun ein glücklicher junger Mann, der sich täuschen lassen wollte und leicht zu täuschen war.

Dann kamen die andern. Michael, der dunkle Junge, war Ganas Freund und Studienkollege. Die Namen der andern mochte ich mir nicht merken, mit Ausnahme von Arlette, die sich mir unvergesslich einprägte.

Sie hatte glattes, langes, blondes Haar, durch das sie immer wieder bedächtig und verträumt mit leicht gespreizten Fingern fuhr, als ob sie es ordnen wollte, tatsächlich aber sich zärtlich streichelnd. Sie sah aus wie eine Fee, kostbar und entrückt. Und sie zog alle Blicke auf sich. Die Welt schien still zu stehen, wenn Arlette ihr Haar liebkoste. Jeder beobachtete ihre Geste mit Ergriffenheit, als ob er suchend in einen tiefen Brunnen blickte, aus dessen schwarzer Tiefe sein eigenes Bild heraufsah. Mir jedenfalls kam es so vor, weil ich sofort bemerkte, dass Ganas Blick sich in dieser Bewegung verlor.

Gana und Arlette. Beim Nachtessen, das wir alle zusammen im Dorfbistro einnahmen, saßen sie nebeneinander. Und obwohl Ganas Aufmerksamkeit ganz auf mich gerichtet schien – wir saßen uns gegenüber und sprachen fast unaufhörlich miteinander – sah ich doch, wie sich in kleinen Gesten Ganas Besorgtheit um Arlette ausdrückte. Und manchmal flüsterten sie sich etwas ins Ohr, so dass ich daraus schließen konnte, dass es Vertraulichkeiten zwischen ihnen gab.

Gana war in Arlette verliebt, es gab keinen Zweifel. Und ich konnte es ihm nicht verdenken. Ihre zarte, blasse Erscheinung war wunderschön, ihre Stille und Langsamkeit fesselte, ihr großer, manchmal schwimmender Blick rief selbst in mir Beschützerinstinkte wach. Allerdings verwirrte mich, dass sich dieser Blick in gewissen Momenten klärte und fast falkenscharf und klar über die Tischrunde schweifte. Aber ich machte mir nicht viel Gedanken darüber. Ich war vollkommen damit beschäftigt, meine eigenen Gefühle in Schach zu halten.

Gana saß mir gegenüber und wirkte in gewohnter Weise auf meinen Körper ein. Ich hätte ihn an mich reißen und lieben wollen. Jetzt, sofort und immer wieder. Aber ich spielte mit ein paar Brotkrumen, machte Witze und versuchte, auch für Ganas Freunde den richtigen Ton zu treffen. Ich trank etwas Alkohol, um meinen Schmerz zu dämpfen, dosierte aber sorgfältig, weil ich nicht riskieren wollte, die Herrschaft über mich zu verlieren. Eine Szene wäre das letzte gewesen, was ich hier hätte aufführen wollen.

So verging ein mehrgängiges Essen mit freundlichem Geplänkel. Die jungen Leute aßen mit riesigem Appetit, und selbst die ätherische Arlette griff tüchtig zu. Ich selber hatte keinen Hunger und darum wunderte ich mich, als Arlette sich hintereinander zwei Desserts genehmigte.

Schließlich fuhren wir zum Schloss zurück. Die jungen Leute waren mit Motorrädern hier, aber

Gana fuhr mit mir im Auto zurück. "Wo schlafe ich eigentlich?" fragte ich bei dieser Gelegenheit leichthin. "Ich habe Dir ein Zimmer im Schloss reserviert. Es ist allerdings ziemlich bescheiden dort, ich hoffe, es macht Dir nichts aus. Ich ...", es war, als ob er meinen ungedachten Gedanken erraten hätte, "...ich schlafe im Zelt im Park, ich finde es herrlich, draußen zu schlafen."

Ich sagte nicht, dass mir das auch gefallen hätte. Ich ließ mir von Gana das Zimmer mit Kajütenbett und nackter Glühlampe zeigen, dann sagten wir uns gute Nacht. Gana küsste mich sanft auf Augen und Stirn und flüsterte: "Danke, dass Du gekommen bist." Aber ein wenig fühlte sich das an, als ob es eine Höflichkeitsfloskel wäre.

Ich setzte mich auf den Stuhl, den es in diesem Zimmer neben einem kleinen Tischchen als einziges weiteres Möbelstück gab, und dachte nach. Mir wurde klar, dass ich hier nichts zu suchen hatte und dass ich weggehen musste. Allerdings beschloss ich, vernünftig zu sein und mit der Abreise bis zum Morgen zu warten. Ich ging ins Bad.

Auch das Bad war äußerst bescheiden. In einer Ecke gab es eine nicht sehr vertrauenerweckende Dusche, dann zwei Waschbecken mit Spiegel. Zwei Toiletten waren mit lockeren Zwischenwänden abgetrennt. Eine davon war besetzt.

Ich besah mich im Spiegel: eine nicht mehr junge Frau mit verdächtig großen Augen. Ich versuchte, die Hoffnungslosigkeit, die aus meinen Augen sprach, anzusehen und auszuhalten. Es war nicht einfach und erforderte meine ganze Kraft. Erst als ich damit fertig war und anfing, mich abzuschminken, wurde mir bewusst, dass sich in der besetzten Toilette hinter mir die ganze Zeit nichts gerührt hatte. Aber nun hörte ich leises Röcheln und Brech-Geräusche. Mein Gott, dachte ich, hier spuckt eines der Mädchen aus, was es gegessen hat. Denn seltsamerweise dachte ich keinen Augenblick an eine gewöhnliche Übelkeit. Mir wurde ganz elend vor Mitleid mit diesen jungen Frauen, die das, was sie ernährt, wieder von sich geben müssen unter dem Zwang, einem Ideal zu genügen, das ohnehin nie erreichbar ist. Welche Tortur, welche Demütigung, welche Qual! Und diese Gier, dieser Hunger nach einer Sättigung, die nie stattfinden kann. Und der geheime Triumph, wenn sie es einmal mehr hinter sich haben, dieser Stolz auf die innere Leere, der darüber hinwegtäuscht, dass eine Welt, die nur an der äußeren Schönheit misst, tatsächlich zum Kotzen ist. Teuer erkaufte Leichtigkeit, verlogene Unbeschwertheit, die es uns allen erlaubt, zu verdrängen, dass auch in unseren Breitengraden bei vielen jungen Menschen ein entsetzlicher, unstillbarer Hunger herrscht!

Ich hörte die Spülung und wieder das Brechen und wieder die Spülung und wieder das Brechen. Als ich mit meinem Gesicht fertig war, schloss ich mich in der zweiten Toilette ein.

Nebenan wurde ein letztes Mal gespült und dann aufgeriegelt. Jemand wusch sich draußen die Hände und verschwand.

Als ich danach ebenfalls die Hände wusch, sah ich vor dem Spiegel den Ring liegen, der mir beim Nachtessen an Arlettes Hand aufgefallen war. Es war ein Stein, der aussah wie ein dunkles Auge.

Nun war ich mir sicher, dass ich gleich am Morgen abreisen würde!

22

Ich fuhr nach Nizza. Gana versuchte nicht, mich zurückzuhalten. "Hör mal, Du bist hier zum Reiten und ich habe hier nichts zu tun", sagte ich, "ich habe viel mehr Lust, ein bisschen am Meer zu liegen". Und er akzeptierte diese Ausrede. Nur einmal, es war beim Abschied, sah er mich noch einmal mit seinem dunklen Arzt-Blick an, der mir das Gefühl gab, er würde wissen und verstehen. Aber wenn auch, es änderte nichts an den Tatsachen.

Gana hatte mir ein kleines, billiges Hotel empfohlen, das oben am Hang lag und einen traumhaften Blick auf das Meer bot. Ich blieb dort aber nur ein paar wenige Tage, denn die Besitzerin des Hotels sagte mir, dass sie auch Bungalows im Pinienwald vermiete. Und in einen solchen zog ich.

Das war genau der richtige Ort für mich. Ich lag im Halbschatten der Pinien und lauschte dem ununterbrochenen, hypnotisierenden Konzert der Zikaden, dem das Knacken der Pinienzapfen, die sich über mir öffneten, leichte Akzente aufsetzte.

Das Meer war etwa 120 Meter entfernt, doch ich hörte es nur in der Nacht, wenn die Wellen etwas höher gingen und heftiger an den Strand klatschten. Hingegen drang das Gelächter und Geschrei der Badenden zu mir, doch so gedämpft, dass es nicht störte.

Dieser Ort war eine Therapie für mich. Tag und Nacht lag ich einfach da und hing meinen Gedanken nach, fühlte noch einmal die Gefühle der Vergangenheit und die der Gegenwart, gab mich meiner Liebe und meinem Schmerz hin, und es gelang mir, ohne dem Selbstmitleid zu verfallen. Eigentlich ging es mir gut. Der jetzige Schmerz war nichts im Vergleich zu den inneren Kämpfen, die ich geführt hatte, als ich am Anfang meiner Liebe zu Gana stand und nichts, verglichen mit dem Schock und der Niedergeschlagenheit, die mich lähmten, als Gana von mir wegging. Jetzt gab es noch Platz in mir für Freude: Ich trank mit den Augen das zarte Blau des Plumbago und das knallende Rot der Geranie, die an der Mauer des Bungalows rankten, ich genoss die Wärme der Luft und vor allem die Tatsache, dass niemand etwas von mir wollte. Kein Telefon, keine Frage, keine Einladung, kein Einkaufen, kein Kochen, kein Waschen, kein Putzen, kein Malen, kein Denken, kein Tun. Ich war einfach da und sah von allen Seiten eine Geschichte an, die mir widerfahren war. Und ich wusste, dass ich vom Glück begünstigt war, dass sie mir zugestoßen war.

Meine geruhsame Unbeweglichkeit dauerte Tage und dies zeigte mir, wie viel ich mir von dem Wiedersehen mit Gana versprochen hatte und wie schwierig und anstrengend es nun war, alle Hoffnung fahren zu lassen. Ich lernte, dass das Weh überwältigend wurde, wenn immer ich versuchte, meine Gefühle loszuwerden. Wenn ich mir einredete, Gana nicht mehr zu lieben und nicht mehr zu begehren, dann wurde der Schmerz schneidend und scharf. Gefährlich schnitt er mir ins Fleisch. Und ich fühlte, dass die Unerfüllbarkeit meiner Wünsche eine tödliche Kränkung sein könnte. Wenn ich mich hingegen meinen hoffnungslosen Wünschen ohne Illusion hingab, wenn ich ihre Unmöglichkeit zugab und akzeptierte, dann pulste der Schmerz nur dumpf und gemächlich in meinem Körper, mehr belebend als schwächend. So übte ich Tag für Tag, meine Gefühle in eine erträgliche Balance zu bringen und das war harte Arbeit, obwohl ich dabei nur lag und in die Schattenspiele der verästelten Pinien starrte.

Dann kam der Tag, an dem ein Wagen vor meinem Gartentor hielt, und ich Sprachfetzen und Türknallen hörte. Aber ich kümmerte mich nicht darum, denn es war unmöglich, dass es mich angehen könnte, was da vor sich ging. Aber es war Gana, der kam.

Ich hatte keine Zeit, aufzustehen, um ihn zu begrüßen, er war zu schnell bei mir und meinem Liegestuhl. Er ging ohne ein Wort in die Knie, legte seinen Kopf auf meine Brust und fing an zu weinen.

Ich war nicht erstaunt und nicht verblüfft. Ich reagierte, als ob es das Natürlichste der Welt wäre. Ich hielt ihn einfach fest und streichelte ihn und strich ihm immer wieder sanft über seinen Rücken, den das Schluchzen unter meinen Händen schüttelte.

Gana weinte unaufhörlich. Ich spürte, dass mein T-Shirt nass wurde, genau über dem Herzen begann sich kühle Feuchtigkeit auszubreiten. Ich streichelte einfach weiter und weiter Ganas Haar, seinen Hals und sein Gesicht, während ich spürte, wie sich mein Herz öffnete. Und etwas floss heraus, das mehr war, als alles, was ich bisher für ihn empfunden hatte. Es war wohl das, was eine Mutter für ihr Kind fühlt: Eine Liebe, die fließt, unabhängig von allem, was sich an Tatsachen und Situationen um sie herum anhäuft, eine Liebe, die da ist, solange das Leben da ist, weil sie ein Teil dieses Lebens ist.

"Putz Deine Nase ruhig auch an meinem T-Shirt ab", sagte ich leise, als sich sein Weinen langsam zu beruhigen begann, "ich zieh nachher ein anderes an." Er gehorchte wie ein kleines Kind und ich erschrak nun fast, als er sein Gesicht an meinen Brüsten rieb und mich das an früher erinnerte. So hatte ich es nicht gemeint. Aber Gana hatte nichts gemerkt. Ich setzte mich langsam auf, wobei ich seinen Kopf fest an meine Brust gedrückt hielt und weiter durch seine Haare strich. "Nun hol ich Dir was zu trinken und nachher erzählst Du mir, was los ist." Ich sprach zu ihm wie zu einem kleinen Kind.

Er setzte sich gehorsam auf den Steinplatten hin und lehnte sich mit dem Rücken an den Liegestuhl. So fand ich ihn, als ich mit zwei großen Gläsern Wasser zurückkam. Ich hatte schnell das verweinte T-Shirt gegen eine weiße Baumwollbluse ausgewechselt, die in der Küche aus unerfindlichen Gründen auf einem Stuhl gelegen hatte. Ich setzte mich neben Gana auf den Boden. Sein schönes Gesicht war verschwollen, seine Augen rot und neblig trüb.

"Arlette ist tot". Fast wollte ihn das Schluchzen wieder übernehmen, aber er ertränkte es in ein paar großen Schlucken Wasser. "Motorrad-Unfall." Er verstummte und auch ich sagte kein Wort. Ich nahm einfach seine Hand und hielt sie fest in meiner. Ich dachte an die Nacht im Badezimmer des Schlosses und daran, dass Ganas Schicksal mit Arlette auf jeden Fall nicht besonders gut ausgegangen wäre. Aber ich sagte nichts. Er hatte sie geliebt, das hatte ich schon gewusst, wie sehr, das konnte ich jetzt sehen. Oder war es die Begegnung mit dem Unabänderlichen, das ihm mit diesem Tod begegnete, das ihn so vollständig durcheinander brachte? Ich würde es nie wissen.

Wir saßen still nebeneinander bis es dämmerte. Beide achteten wir nicht darauf, wie hart der Boden unter uns wurde und wie sich unsere Beine versteiften. Erst als es langsam dunkel wurde, sagte ich: "Komm, ich mach uns was zu essen." Und wir gingen hinein.

Ich hatte fast nichts im Haus, nur etwas Gemüse, Käse und Brot. Aber in der Küche des Bungalows gab es das Nötigste und so setzte ich Salzwasser für Spaghetti auf. Gana, der unbeholfen herumstand, erhielt die Aufgabe, den Tisch zu decken und eine Flasche Rotwein zu öffnen.

Nach dem Essen saßen wir eng beisammen auf dem Sofa und starrten in das Feuer, das Gana angezündet hatte. Wieder hielten wir uns bei den Händen, aber still und fest, ohne tändelndes Streicheln, wie es Verliebte tun. Und dann sprach Gana davon, wie er Arlette kennengelernt hatte, wie er um sie geworben hatte, wie schwierig sie gewesen war und wie glücklich er gewesen war, als sie endlich ja sagte. Er sprach von ihr mit einer Zartheit und einer Faszination, und ich verstand, dass er ihrem geheimnisvollen Wesen ganz und gar erlegen war. Dann, in den Ferien, hatte sie angefangen, mit anderen zu flirten. Er glaubte, dass sie fest an ihm hing, aber dass sie einfach seine Liebe noch weiter anstacheln wollte. Wie eine Prinzessin hatte sie auf seinem Herzen getanzt, das vor Schmerzen schrie, und wie eine Prinzessin hatte sie das Gefühl, dass es genau das war, was ihr zustand. Gana wünschte sich sehr, dass ich sie kennenlerne. Er wollte mir zeigen, was für ein herrlicher Vogel sich in den Ästen seiner schönen Arme niedergelassen hatte. Vielleicht suchte er aber auch nach Verstärkung und Trost für die Schmerzen, die sie ihm bereitete.

Ein paar Tage, nachdem ich das Schloss verlassen hatte, war Arlette mit einem der Jungen in eine Disco gefahren. Gana war gekränkt zuhause geblieben. Auf dem Rückweg waren die beiden verunfallt. Tödlich.

Was sollte ich Gana sagen? Dass der Schmerz mit der Zeit sich verringern würde, dass er darüber hinwegkommen würde, dass das Leben gibt und nimmt und wir uns immer damit abzufinden wüssten? Hätte ich ihm all die Dinge sagen sollen, die in solchen Momenten zum Trost gesagt werden und die überhaupt nicht trösten, weil man in solchen Momenten keinen Trost entgegennehmen will, weil es reiner Verrat wäre, sich trösten zu lassen? Ich wusste nicht, was ich hätte sagen können, und darum murmelte ich einfach von Zeit zu Zeit, wie traurig und schrecklich alles sei. Aber eigentlich schwieg ich die ganze Zeit, hielt Gana in meinen Armen und ließ ihn erzählen.

Sein Reden schien ihn zu beruhigen. Ich spürte, wie sich sein Körper langsam entspannte und wie er sich immer mehr und weicher an meinen lehnte. Ich liebte diesen Kontakt, ich liebte diese Wärme, sein Gewicht, das auf mich drückte und mich freudig und warm meinen eigenen Körper spüren ließ. Aber ich tat nichts, um die alte Vertrautheit und unser Begehren zu fördern. Und als nun Gana sein Gesicht an meinen Brüsten rieb, wie ein verwöhntes kleines Kind auf der Suche nach Lust, und wie er nun meine Bluse aufknöpfte und anfing, kleine Küsse auf meine Haut zu drücken, da gönnte ich mir nur einen kurzen Moment der alten Freude. Dann nahm ich sein Gesicht in meine beiden Hände und schaute tief in diese Augen, die mir so viel gegeben hatten, und sagte: "Nein." Und ich weiß nicht, meinte ich "nicht jetzt" oder meinte ich "nie wieder". Ich spürte einfach, dass ich von dieser Situation nicht profitieren dürfe, wenn ich unsere Freundschaft und Liebe retten und erhalten wollte. Und die Zukunft zeigte, dass es "nie wieder" war.

23

Der Eukalyptusbaum an der Hausecke knarrte und stöhnte, wie in jeder Nacht, wenn der Wind ein bisschen schärfer ging. Gana hatte sich aufgerichtet, saß mir gerade gegenüber und sah mich mit großen Augen an. "Bist Du mir böse, Helen?"

Die verwaschene, kindliche Verzweiflung war nun aus seinem Gesicht gewichen. Er beobachtete mich mit diesem wachen Ausdruck, den ich so an ihm liebte: Wie ein Tier, das hinschaut auf etwas, das sich bewegt, es nicht beurteilt, sondern einfach wissen will, was es ist, neugierig, lernbegierig, wach, bereit, freundlich darauf zuzugehen oder sich im Notfall zu verteidigen. Aber diesmal wurde ich nicht schwach vor seinem Blick.

"Wie kannst Du nur so etwas fragen", sagte ich leise aber klar. Und dann erzählte ich ihm von mir. "Als Du sagtest, dass Du gehen würdest, war mir klar, dass das für Dich notwendig und richtig war. Aber ich hatte keine Ahnung, wie ich damit zurechtkommen sollte. Zuerst einmal glaubte ich es einfach nicht, dass Du aus meinem Leben verschwinden könntest. Dann, als Du daherkamst mit geschnittenem Haar, da wurde auch etwas in mir entzweigeschnitten. Ich verstand, dass eine Epoche vorbei war, aber noch immer ahnte ich nicht, was es bedeutete. Und dann warst Du weg."

Und meine Arme suchten vergeblich nach etwas zum Halten, wenn sie umarmen wollten, und meine Fingerspitzen fanden alles hart und grausam was sie berührten, weil es nicht deine Haut war. Und meine Brüste schmerzten, als ob sie weinen wollten, und mein Körper drückte sich an Wände und Türrahmen und verstand nicht, dass kein Gegendruck kam.

Eine Weile dachte ich, dass ich sterben würde. Ich schlief viel, war auch öfters mal krank und blieb im Bett. Ich war weder wütend noch traurig, sondern einfach nur mutlos. Doch dann, mit der Zeit, kam das Gefühl zurück, dass ich überleben würde. Der Schmerz war noch immer da, aber ich wusste, dass er mich nicht umbringen würde. Und eines Tages war mir klar, dass ich nun meine Hände öffnen und Dich definitiv loslassen müsse. Und das übe ich seither. Und jetzt kann ich nicht einfach zurück."

Gana nahm meine Hand und küsste sie liebevoll und zärtlich. Und dann nahm er mein Gesicht und küsste mich ebenso sanft. Und es war eine unglaubliche Liebe zwischen uns, die vielleicht gerade nur darum möglich wurde, weil wir nichts mehr voneinander verlangten.

Wir schliefen eng umschlungen, angezogen, auf dem Sofa. Das heißt, ich schlief kaum, sondern hörte auf das Stöhnen des sich im Winde biegenden Baumes und schaute, wie die roten Flecke der Glut im Kamin kleiner und kleiner wurden. Ich war glücklich, Gana so nahe bei mir zu haben. Und ich wusste, dass sich Gana bis in andere Welten und Galaxien entfernen könnte und dies der Nähe zwischen uns doch nichts anhaben würde. Unsere Bindung war ein kostbarer Schatz, den wir tief und unhebbar in unseren Herzen vergraben hatten. Und selbst die Zeit konnte dieses Gold nicht zersetzen. Aber gleichzeitig war ich tieftraurig, weil ich ahnte, dass dies vielleicht die letzte Gelegenheit in unserem Leben war, in dem wir diese Nähe auch mit unseren Körpern spüren konnten. Und darum wollte ich keine Sekunde davon im Schlaf vergeuden. Und während mein

Arm, auf dem Ganas Kopf ruhte, zu schmerzen begann, hörte ich auf seine Atemzüge und betete, weil ich nicht wusste, zu wem sonst, zur schwarzen Muttergottes von Le Puy, dass sie meinen Geliebten vor allen unnötigen Verletzungen und Schmerzen bewahren möge. Und dass sie ihre Hand über ihn halte, da es nicht in meiner Macht stand, ihn zu beschützen.

Und tatsächlich blieben wir Freunde. Gana schreibt mir regelmäßig lange Briefe, in denen er mir erzählt, mit was er sich gerade beschäftigt, was ihn aufregt und was ihn freut. Er hat sein Studium in Paris abgeschlossen und weil er sich als brillanter Mathematiker erwies, erhielt er augenblicklich eine Dozentenstelle an der Universität von Padua, nicht besonders gut bezahlt, aber ehrenvoll. Dort wohnt er jetzt schon länger als zwei Jahre. Zu uns nach Hause kommt er nur noch selten, das letzte Mal vor einem guten Jahr, um im Kreise seiner Eltern und Brüder zu heiraten. Wir waren auch eingeladen. Fast ängstlich hatte er mir seine Braut, eine muntere Italienerin mit schwarzen Knopfaugen, vorgestellt und ich glaube, ich hätte sein Glück vernichten können, wenn ich sie kritisiert hätte. Aber Gana wusste auch, dass ich dies nicht tun würde. Und es gibt auch keinen Grund: Adriana ist eine reizende junge Frau, die das Herz auf dem rechten Fleck hat. Gana ist gut aufgehoben bei ihr.

Das bewies sich, als wir letzthin das junge Paar besuchten. Ich begleitete Charles nach Europa und er machte mir zuliebe einen Abstecher nach Padu-

a. Gana hat sich in meinen Augen sehr verändert, ist ernster und männlicher geworden. Die herrliche, jugendliche Offenheit verschwindet langsam aus seinen Zügen, er ist nicht mehr so enthusiastisch und wie früher an allem Neuen interessiert. Reifer werden ist offensichtlich immer auch mit einer Dämpfung verbunden. Jedenfalls war Gana in jenen Tagen weniger strahlend, als er mir früher erschienen war.

Vielleicht macht ja auch das Glück ein bisschen träge. Adriana und Gana scheinen glänzend miteinander auszukommen. Die beiden wohnen in einem entzückenden, kleinen Haus, aus dem Wohlbefinden und Zufriedenheit förmlich aus den mit vielen Blumentöpfen dekorierten Fenstern strahlt.

Wir saßen am Tisch im besonnten Wohnzimmer, Gana mir gegenüber. Er hatte die drei obersten Knöpfe seines Hemdes offen, und seine Haut zu sehen, die im Schatten des Stoffs verschwand, löste in mir immer noch einen dumpfen Schmerz aus und den Wunsch, ihn zu berühren und weiter vorzudringen in dieses Dunkel. Seine schönen, glatten Hände lagen ruhig neben dem Teller und sie erweckten in mir die Sehnsucht, berührt zu werden und zu berühren.

Gana schien meine Gedanken zu erraten und lachte mich, überhaupt nicht unschuldig, an. Der freche Jüngling spielte ein wenig mit mir, weil er sich sicher vor mir fühlte. Und er wusste, dass ich es wusste.

Adriana hatte uns ein herrliches, italienisches Mahl gekocht und trug geschäftig Platte um Platte aus der Küche. Als sie mit ihren erhobenen Armen, eine schwere Schüssel balancierend, an mir vorbeiging, sah ich, dass sich ihr Bäuchlein rundete. "Nun macht mich also Gana zur Großmutter", dachte ich unversehens, korrigierte mich aber selber sofort in Gedanken.

Nach dem Essen sprach ich Gana darauf an. Wir standen am Fenster und sahen hinaus auf die Straße und den Kanal dahinter, der träge und grün und schillernd von Öl unter der Mittagshitze gloste.

"Du hast es also gemerkt", sagte er fröhlich, dann legte er mir die Arme auf die Schultern und flüsterte: "Wir hoffen, dass es eine Tochter wird und wir werden sie Dir zu Ehren Elena nennen. Sie wird meine...", nun begann Gana schalkhaft zu lachen und mit dem Kopf nickend zu zählen, "eins, zwei, drei…sie wird meine vierte, große Liebe sein!" Und dann schnappte er nach Adriana, die, eben etwas aufräumend, um den Tisch herum ging, und schrie: "Sie hat es gemerkt, sie hat es gemerkt!" Und dann umarmte er Adriana und mich gleichzeitig und küsste uns abwechslungsweise, und auch Adriana küsste Gana und mich, und ich sie ebenfalls beide, wobei wir durchaus auch den Mund nicht aussparten. Und wir umarmten und drückten uns und lachten und schrien und waren aufgeregt und glücklich. Und Charles, der hinter uns am anderen Fenster stand und bedächtig und genussvoll an seiner Zigarre zog, betrachtete uns kopfschüttelnd und sagte: "Ihr seid verrückt, Ihr seid alle verrückt."

24

Hier also, Loredana endet die Geschichte von Gana und mir und ich bin nun gespannt, ob Dein Verlag mein Manuskript tatsächlich drucken will.

Als ich mit Schreiben begann, dachte ich noch, es sei eine traurige Story, doch inzwischen bin ich mir gar nicht mehr so sicher. Diese Stadt hier hat mir geholfen, Distanz zu gewinnen.

Gestern war ich mit Dilip im Tempelbezirk von Pashupatinath. Frauen in bunten Saris badeten im heiligen Bagmatifluss und wuschen sich, indem sie an den Beinen die Röcke rafften und danach die farbigen Stoffbahnen lüfteten und sich aus kleinen Gefäßen Wasser über die Brüste gossen. An den Begräbnisstellen brannten zwei Feuer, überwacht von weißgekleideten Männern. Aus den züngelnden Flammen guckte der Fuß eines Leichnams hervor. Tauben pickten nach geopferten Reiskörnern, Affen kletterten über die Dächer der nahegelegenen Tempel, Hunde schnupperten und Kinder gafften. Dazwischen bewegten sich hoheitsvoll magere Gestalten mit verfilzten Köpfen und dreizackigen Wanderstäben: Saddhus, die der Lehre des großen Asketen Shiva folgen, der hier als Pashupati, als Herr der Tiere und Schutzgott Nepals, verehrt wird. Eine nicht abreißende Menge von Gläubigen drängte sich durch das fahle Morgenlicht zur Andacht, zum Heiligtum, das mir verboten ist, weil ich kein Hindu bin.

Jenseits der Brücke war es etwas ruhiger. Eine steile, weiße Treppe führt, wie in Swayambhunath und wie in Le Puy, den Hügel hinauf. Dieser ist terrassiert und überbaut mit kleinen Stupas und Tempelchen, die Lingams enthalten, phallusförmige Säulen, in denen wiederum Shiva als das männliche Prinzip verehrt wird, das im weiblichen Schoss, der Yoni, ruht.

Ich erzählte Dilip, dass ich bald abreisen würde und dass ich nach Katmandu gekommen sei, um die Geschichte einer verlorenen Liebe zu Papier zu bringen. Ich sagte ihm auch, dass ich hier Distanz gewonnen habe. "Man spürt hier besser als anderswo das Kommen und Gehen der Dinge", sagte ich, und meinte damit, dass es leichter ist, zu akzeptieren, dass nichts so bleiben wird, wie es war.

Inzwischen waren wir oben am Hügel angelangt. Hier stand ein lichtes Wäldchen, in dem nur wenige Gebäude und Tempelchen zerstreut lagen. Finsterblickende Saddhus saßen meditierend davor. Der eine oder andere bettelte uns an und wurde mit einer kleinen Gabe und sanften Worten von Dilip weggewiesen.

Der Weg wurde nun schmäler und schlängelte sich in weichen Windungen langsam abfallend durch das lichte Gehölz. Halbversunkene Stelen und Votivstupas erinnerten daran, dass dies immer noch heiliges Gelände war.

"Wie das Urlicht des Swayambhu aus dem Lotos erstand, der aus Sati/Parvatis Geschlecht wuchs, so entstand aus Brahma, der in seiner Urversenkung saß, ohne Absicht die Morgendämmerung des Weltentages, Maya-Kali, die göttliche Frau, die dunkelhäutige Mutter der Welt. Und in einem weiteren Atemzug, ebenso unbeabsichtigt, entstand der Gott der Liebe, der bewirkte, dass sich alle Götter und Heiligen in die Dämmerung und in alle die Formen, die sie hervorbringt, verliebten. Nur Shiva, der große Asket, weigerte sich, aus seiner Versenkung aufzuwachen und gefährdete durch seine Abwesenheit die Schöpfung. Denn er musste seinen Teil leisten am Erschaffen, Bewahren und Zerstören. Darum beschlossen die Götter, ihn mit Hilfe der großen Kali zu verführen. Und sie stimmte zu, als Sati geboren zu werden."

Dilip erzählte bedächtig, und seine Worte flossen im Takt unserer langsamen Schritte. Außer uns war niemand im Wald, nur manchmal kreischte ein Vogel oder ein paar Äste raschelten, von einem unspürbaren Wind berührt.

"Sati liebte Shiva von ihrer Geburt an und betete zu ihm und zog sich in Askese zurück bis Shiva endlich ihre Gebete erhörte und ihr erschien. Er wusste genau, was sie wollte, doch er wünschte sich, dass sie es auch sage, damit er ihre Stimme hören könne. Dieser Wunsch aber machte ihn verletzlich und der Pfeil des Liebesgottes traf ihn mitten ins Herz und bezwang ihn. Von diesem Augenblick an vergaß Shiva seine Askese und seine Innenschau und die Herrlichkeiten, die er dort erlebt hatte. Sati allein beherrschte all seine Sinne. Er lernte Trauer und Ungeduld kennen. Und alle Götter freuten sich darüber und bereiteten ihm ein prachtvolles Hochzeitsfest.

Shiva und Sati lebten überglücklich zusammen bis zu dem Tag, als Satis Vater vergaß, dass seine Tochter die große Kali war und er sie beleidigte: Ein großes Opferfest war angesagt und alle waren eingeladen, nur Shiva und Sati nicht. Sie lebten nämlich als umherziehende Asketen. Shiva war in ein Tigerfell gekleidet, er aß aus einer Schädelschale, und seine Haare, die den Äther repräsentieren, waren wild und ungekämmt. Damit galt er als unrein. Voller Zorn über die Vergesslichkeit ihres Vaters gab Sati ihren Körper auf, wohl wissend, dass sie später als Parvati wiedergeboren würde.

Shiva aber wurde rasend vor Verzweiflung und Zorn. Er schlug um sich und zerstörte alles, was ihm unter die Hände kam. Dann saß er weinend vor Satis Leichnam und in diesem Augenblick der Verletztheit und Schutzlosigkeit fiel der Liebesgott erneut über ihn her und traf ihn mit fünf Pfeilen. Damit verliebte sich Shiva noch stärker in die Tote und seine Trauer und Verzweiflung wuchsen ins Unermessliche und drohten, die Welt zu verbrennen.

Wiederum schritten die anderen Götter ein, indem sie den Leichnam der Sati, den Shiva in toller Verliebtheit mit sich herumschleppte, zerstückelten. Als Sati so aus Shivas Augen verschwunden war, brachten sie ihn an einen See, wo er endlich wieder Frieden fand. Indem er den stillen Spiegel des Sees betrachtete, sah er sich plötzlich wieder in seiner vorherigen Göttlichkeit und erinnerte sich, dass hinter allen Formen das Unteilbare steht und hinter aller Wandlung die Ewigkeit. Er fügte sich in sein Schicksal und wartete geduldig, bis ihm Sati als Parvati zurückkehrte und ihm wiederum Glück und Seligkeit gewährte."

Unser Spaziergang hatte uns inzwischen hinunter bis zum Heiligtum der Guyheshvari geführt, das hier am anderen Ufer des Bagmati liegt und sich mit dem Shiva-Tempel zusammen zur heiligen Ganzheit fügt. Hier hatte Satis Geschlecht, wie ein Meteor aus dem Himmel fallend, ein Loch in die Erde geschlagen. Der Tempel ist hinter einer hohen Mauer versteckt. Ein Dach in Form einer Lotosblüte bedeckt den heiligen Brunnen, in dem das Weibliche seit Urzeiten verehrt wird und mit ihm das fruchtbringende Wasser, die Schlangen und die Erde.

Wir setzten uns, etwas abseits des Weges, in den Wald. In der Ferne war der mächtige Stupa von Bodnath zu sehen, der im flirrenden Morgenlicht wie eine Fata Morgana wirkte.

"Das ist eine sehr schöne Geschichte", sagte ich schließlich.

"Ja, und sie zeigt, dass selbst die höchsten Götter unter Liebe und Zorn und Trauer leiden wie wir selbst. Und dass es letztlich diese Gefühle sind, die die Schöpfung und alles Geschehen auf Himmel und Erde in Gang halten."

Lange saßen wir wortlos da und ließen die Umgebung auf uns wirken. Schließlich sagte Dilip:

"Hier in diesem Heiligtum wird das Wissen gepflegt, das Wissen, das besagt, dass hinter allen Erscheinungen eine einzige Kraft ruht. Brahma, der Erschaffer, der ohne es zu wissen wie, die Welt aus sich hervorgehen ließ, Vishnu, der Erhalter, der sie im Gleichgewicht hält, indem er die Polaritäten ausgleicht und das Sonnenwesen Garuda daran hindert, die Schlangen des dunklen Wassers zu fressen, und Shiva, der Zerstörer, der die Welt bis zum Wahnsinn liebt und sich doch immer wieder

von ihr abwendet, um sich der heiligen Einheit-
lichkeit und Ungeformtheit zuzuwenden: Diese
drei sind eins. Ihre Wesen sind hervorgegangen
aus der großen Einheit, die die schwarze Mutter
ist, die da unten verehrt wird, oder das unauslösch-
liche Licht, das am Anfang aller Dinge leuchtet
und aus der schwarzen Mutter herauswächst."

Dilip machte eine Pause. Dann fuhr er sachte
fort:

"Manche Eingeweihte behaupten, dass der Uran-
fang weder männlich noch weiblich, sondern
nichts anderes als der ewiglebendige Fluss der Liebe ist, der alles in Bewegung setzt, hervorbringt,
vergehen lässt und in neuen Formen auferstehen
lässt."

Es war wieder still im Wald. Nur ein Wispern
ging durch die Gräser, ein leises Knacken, vielleicht von Tausenden von kleinen Insekten her-
vorgebracht, die hier im Untergrund ihren Wegen
nachgingen, winzige Würzelchen knabberten und
vorsorglich Staubkörner in ihre Nester schleppten.
Ich schaute an Dilip vorbei zum Stupa von Bodnath und sah sein Gesicht, das trotz seiner Häss-
lichkeit in innerer Freude leuchtete. Und plötzlich
wurde dieses Bild überdeckt und vor meinem inneren Auge floss dieser Strom, der mich mächtig
mit sich zog und mir nicht erlaubte, irgendwo
hängen oder stehen zu bleiben. Ich spürte gleichzeitig die Seligkeit, die er mir gewährte und die
Schmerzen, die er verursachte. Und ich hörte endlich auf, mich zu fragen, ob ich es wollte oder
nicht wollte. Ich sah einfach, dass ist, was ist. Und
dass es gut ist.

Dilip saß immer noch in meiner Blickrichtung, als dieses Bild wieder verschwand. Ich sah sein Gesicht und seinen Mund, der sich nicht bewegte. Trotzdem hörte ich nun aber eine Stimme, die deutlich und etwas hallend, sagte: "Und der Zugang zu allem führt über Ganesha."

Der Satz traf mich wie ein Schlag und ich schaute erschreckt um mich. Aber da war niemand und Dilip saß noch immer still und in sich gekehrt da. Ich blieb auch ruhig und atmete tief. Und langsam breitete sich in mir ein milder Friede aus und eine große Dankbarkeit, so dass mein Körper sich auszudehnen schien, meine Brust sich weitete und mein Herz sich öffnete. Heiter besah ich die Sonnenflecken auf dem Boden, und die kunstvoll behauenen Steine, die halb versunken in der Erde lagen. Der leichte Dunst über dem Tal vor uns schillerte vielfarbig wie Perlmutter.

Ein großer Rabe erhob sich aus dem Gebüsch und zog ein paar Kreise über den Dächern des Heiligtums. Die Sonne ließ seine Flügel silbern aufblitzen und schließlich fast weiß erscheinen. Und als er sich im Ufersand niederließ und anfing, im Sand herumzupicken, wechselte seine Farbe, je nach dem Einfall des Lichts, von samtigem Schwarz zu glänzendstem Weiß. Das war so erstaunlich, dass ich mir sagte, dass ich mich getäuscht haben müsse und ihn einen Moment lang für eine Elster hielt. Doch dann flog er auf und zeigte sich erneut in vollkommener, tiefer Rabenschwärze: ein dunkler Schattenriss, der schnell im hellen Himmel verschwand. Ich sah ihm eine Weile träumerisch nach, doch dann wurde plötzlich etwas Neues wach und bewegte sich lebendig in mir.

Ich fühlte den Boden unter mir und die sanfte Luft um mich. Ich hörte noch einmal in die wundervolle Stille des Wäldchens hinein und spürte, dass es nun Zeit war, sie zurückzulassen. Eine unbändige Freude durchflutete mich. Eine wilde Lust auf Bewegung und Aktivität ergriff mich. Und mit einem Mal sehnte ich mich heftig danach, nach Hause zu kommen, zu Charles, zu meinem neuen Freund Harold, zu meiner Arbeit, zu mir, zu meinem Leben.

Aber etwas war mir klar: Vor meiner Fahrt zum Flughafen würde ich noch zu Ganeshas Schrein gehen, der schäbig an einer Ecke hinter dem Kasthamandapa klebt, und dem mein prächtiger Garuda hoheitsvoll den Rücken zukehrt. Und ich würde mich dort nicht mit dem Läuten der Tempelglocke begnügen, sondern zum Dank an Gana-Ganesha eine Opfergabe hinterlassen, die die Hüter des kleinen Heiligtums nicht so schnell vergessen würden.

Meine Einblicke in die mythische Welt
der Hindus verdanke ich den Erzählungen von
Dilip Chetri, Katmandu,
und den großartigen Büchern von
Heinrich Zimmer, u.a. *Indische Mythen
und Symbole* und *Abenteuer und Fahrten der Seele*

Von der gleichen Autorin:

Auf den Schwingen des Pendels
Die Königin der Feuersalamander
Von Menschen und Geistern
Liebe überlebt
Arkana
Das Licht der Wüste
Im Schnittpunkt der Dimensionen
Weisses Feuer, schwarzer Schnee

Alle auch als e-book bei kindle-bookshop

www.ingramcontent.com/pod-product-compliance
Lightning Source LLC
Chambersburg PA
CBHW060433130626
46555CB00005B/2334